寻花问虫

——西南山地博物之旅

李元胜

中国旅游出版社

策　　划：商　震　朱　零　王佳慧
责任编辑：胥　波　林小燕
责任印制：冯冬青
封面设计：主语设计
手　　绘：李元胜

图书在版编目（CIP）数据

寻花问虫：西南山地博物之旅 / 李元胜著 . — 北
京：中国旅游出版社，2022.6
（"芒鞋"丛书）
ISBN 978–7–5032–6943–1

Ⅰ.①寻…　Ⅱ.①李…　Ⅲ.①散文集–中国–当代
Ⅳ.① I267

中国版本图书馆 CIP 数据核字（2022）第 059383 号

书　　名：寻花问虫——西南山地博物之旅

作　　者：李元胜 著
出版发行：中国旅游出版社
　　　　　（北京静安东里 6 号　邮编：100028）
　　　　　http://www.cttp.net.cn　E-mail: cttp@mct.gov.cn
　　　　　营销中心电话：010–57377108，010–57377109
　　　　　读者服务部电话：010–57377151
排　　版：北京中文天地文化艺术有限公司
印　　刷：北京金吉士印刷有限责任公司
版　　次：2022 年 6 月第 1 版　2022 年 6 月第 1 次印刷
开　　本：889 毫米 × 1194 毫米　1/32
印　　张：6.25
字　　数：120 千
定　　价：49.80 元
ＩＳＢＮ　978–7–5032–6943–1

竹杖芒鞋轻胜马

（出版说明）

　　中国文人历来有为祖国名山大川著书立传的传统，越是民安物阜的年代，这样的考据与撰写就越繁荣。如今正是休明之年，作为国家级文化和旅游专业出版社，策划出版一套由中国当代著名作家执笔的地理散文丛书，可以说是为时代著述，为祖国立传，具有重要的社会价值。

　　近年来活跃在中国文坛上的许多中青年作家、诗人写的随笔和散文，率性鲜活，风姿绰约，读来让人心向往之，字里行间最能看出他们的真性情，那些最前沿的刊物都愿意刊发这些作家诗人们写的随笔，因为作品里有人文，有地理，有故事，有情感，有心跳，所以显得有趣，读起来让人更有身临其境之感。这些作家是文学领域的流量担当，当他们把目光投向山川草木，用脚步丈量天地人间，用笔墨透视历史人文，便带来了文旅结合的崭新文风和重磅之作。

这套系列的主旨是将大地与生命结合起来，作家需要行走并实地考察，必须经过详细的田野调查，对山川、草木、河流、人文、历史等都有详尽的考证和触摸，为名山立传、为大江大河立传、为历史名城立传、为世界自然遗产立传。

其中最关键的一点是：当置身于一个广阔的历史空间和博大的地理环境中，作家把自己放在哪个位置？作家跟大地和历史如何碰撞出火花？作家以其广博的人文沉淀、敏锐的世事观察、犀利的批判思辨，赋予了这套系列特有的广度和深度。

2020 年和 2021 年本系列已出版的六部作品，分别是商震的《蜀道青泥》和《古道阴平》、鲍尔吉·原野的《大地雅歌》、朱零的《从澜沧江到湄公河》、路也的《未了之青》、荣荣的《醉里吴音》，基本构建起了本系列对大地、历史、人文的视域框架。

2022 年的两部作品分别是，李元胜的《寻花问虫——西南山地博物之旅》、王族的《羊角的方向是山峰》。

2000 年开始，诗人李元胜开启了他以自然物种为重点的独立田野考察生涯，他以诗心体察自然，足迹遍及全国。《寻花问虫》是他的西南山地博物日志。在他徒步过程中，那一个个尽精微而致广大的天人合一瞬间，让我们感受到了造物神奇的天地力量。作者专业而深入浅出的博物讲解、舒朗而不失幽默的行文风格，让整部书读起来丰满、轻松、有趣。大自然的生物多样性、作者细腻炽热的内心，赋予了这部书稿无数闪亮场景。

这是一本高品位的博物行走读物，徒步爱好者、博物爱好者、风物寻访者都可以尽情徜徉其中；这也是一本高质量的家庭共赏读本，不仅知识性丰富，而且对于青少年世界观、价值观的培养可以起到潜移默化的积极作用。

王族在新疆生活、工作多年，他在《羊角的方向是山峰》里记录了帕米尔、昆仑山、阿尔泰山、天山四座山和山脉下发生的传奇故事，用充满感情的语言，真实而生动地再现了自己在新疆的旅程和见闻。他秉承的是一种"细节写作"的原则，将四座巍峨的巨山，化作轻盈的细节。轻盈却不轻浮，而透出一种神圣。扑面而来的异域风貌、人文风情，以及广袤天地中的那种神奇力量，都在字里行间缓缓流淌。牛羊、牧场、雪山、蓝天，还有天地般质朴的哈萨克族牧民，让四座山各具特色，又都各生温度。

"竹杖芒鞋轻胜马，谁怕？一蓑烟雨任平生。"东坡先生的这句诗给了我们关于这套当代著名作家散文丛书最贴切的意象——既有仗剑天涯的文人豪气，又以"芒鞋"的形象带我们走进人间万象。希望以这套丛书的出版为契机，陆续推出更多文化行走类图书，让"知"与"行"，"史"与"今"，通过作家细腻的笔触生发出更广阔和瑰丽的天地。

"芒鞋"丛书编辑部

2022 年 5 月 26 日

目录
CONTENTS

四姑娘山寻花记

一

我们在一幢小楼里看登山爱好者拍摄的照片。

其实小楼外面更有意思，从野外收集来的石板，歪歪斜斜，平铺出一个很有荒野味的庭院来。阴天，室内室外区别不大。我走到室外坐了一阵儿，看了会儿天，全是连成一片的白云，没有一点缝隙。远处的山，也有一半是白的，分不清楚是雪还是云。雪就是落到人间的云，经历融化、流淌、陷于淤泥然后重新蒸发，又回到天上还原成云，就像人的一世。所以，也不用太去区别。

五月，对海拔 3200 米的四姑娘山营地来说还有点早，在室外的时候，只看到了一株大白杜鹃在开花，就像举着一小团云，代表着灰暗的大地向天空上的白云致意。我对乔木的花保持着敬意，但兴趣相对有限。我更迷恋草本或者灌木的野花，可能是它们的高度，更适合我仔细欣赏。所以我叹了口气，又回到室内，加入看照片、听讲解的队伍中。

戏剧性的时刻很快就来临了，不一会儿，明晃晃的阳光瞬间倾泻而下，室外一片灿烂，我几乎是本能地快步来到室外。出门时，我还觉得自己的冲动有点可笑，难道有阳光时，所有的野花就会提前开了？

但是，我真的就看到了野花，就在距离那株大白杜鹃不远处的草坡上。那是一直隐藏于建筑阴影中的草坡，就像潜藏于灰暗大地的皱褶中，让人看不清模样。我看到一丛白花，在石头堆的缝隙里开着，阳光照亮了它们。快步走过去，看清楚了，是熟悉的草莓的花，看上去像东方草莓。原来，海拔这么高的地方，草莓属的物种仍然是五月开花，和低海拔的同族保持着同步。

拍完草莓花，我抬起头来，只见不远处几朵紫花，在风中摇晃着，定睛一看，草本，羽状裂叶，这不是赤芍吗？赤芍又叫川芍药，和园林里经常看到的芍药比起来，川芍药和它的几个变种更野气、更蓬勃。虽然紫花已出现，但还没有到它们大规模开花的时候。再过两周，它们就能在林下形成花海了。

距离这一簇川芍药不远处，有一朵莲花状的花引起了我的注意，看上去，它有点像风吹落的花朵，身边无枝无叶，就那么孤零零的一朵。但是在它四周还有更多的粉红莲花，有的被举起，还有掌叶相伴。桃儿七！我脱口而出，没想到这个不引人注意的坡上，竟有着十几朵桃儿七开放。

桃儿七是高海拔地区小仙女一样的存在，它们依赖自己的根茎，先开花，后长叶，在四周还一片萎顿的时候，独自娇艳开放，照亮了四周的苔藓和地衣。高海拔地区的物种，常常具有另外一套生存逻辑，也因此更为惊艳。我每次看到桃儿七，都会有一种惊喜，仿佛与某位世外仙人意外相逢。作为濒危物种，桃儿七的种子发芽率不高，已被列为国家二级保护物种。但在这里，它们的笑脸几乎连成了片，展现出强大的生存能力。其实，只要保护好它们的环境，这些世外仙子的存续是没问题的。

正当我趴在地上，永不厌倦地拍摄桃儿七的时候，我参加的《小说选刊》采风团同伴的声音响起，我们的旅游中巴要去往下一个观光点了。

下一个观光点，仍然是室内建筑。下车后，就没打算进去，非常淡定地从人群里悄悄退出，直奔另一处更大的山坡。我心里已经非常清楚，五月的四姑娘山，早春的野花已经次第开放，任何一处保留着原始生态的地方，都会有意想不到的花朵在等着我。那么，我去那些建筑里干什么？

这个山坡没有建筑或者丛林的掩护，完全裸露在风里，刚开始，我没有发现什么，便继续往靠近树林的位置走，但是脚步很沉重，每往上走一步都十分吃力。毕竟是来到四姑娘山的第一天，高原反应还是很明显的。我不敢托大，调均呼吸，不慌不忙慢慢往上挪动脚步，如果第一天超负荷奔走，晚上可能就会很难受了。我曾经在若尔盖草原吃过大亏，白天在草原上撒野狂奔，结果晚上胸闷气短，时时惊醒，一整夜不能安眠，那个滋味记忆犹新。

在几乎看不到绿色的泥石地上，我还是发现一种极小的野花——鳞叶龙胆。鳞叶龙胆，才是高海拔地区的报春使者，四五月份就四处可见。事实上，同行在更早的二月就拍到过它们的花朵。冰雪尚未消融时，它们就从大地母亲的衣襟里，悄悄伸出头来，慢慢把笑脸举向空中。为了适应寒冷的季节，叶片已经进化成小小鳞片形，不展开，只是紧紧地贴着粗壮的茎。这样的茎更像是有鳞的胳膊，四处展开，犹如群龙昂首，把带点紫的蓝色筒花无畏地举起。它们的身体结构，是为早春的先行准备的，这个准备过程足足有数万年那样漫长。

仔细观察，几处鳞叶龙胆的花还略有区别，有一组萼筒的条纹往上发散成紫色斑点，很迷人，是我从未见过的。

"李老师，走，看杜鹃花去。"这时，远远传来一位姑娘的喊声。

抬起头来，看见山坡下面，几个人正匆匆往双桥沟的沟口方向走。我迅速认出了领头的正是老友阿来。此时蓝天白云，远处的杜鹃则是浅色的红云，他们正往几团红云的方向走去。

四姑娘山是藏区的自然神山，而阿来则是一座人文的神山，构成这座神山的南坡是以长篇小说《尘埃落定》为代表的文学高地，北坡则是他对横断山脉野花的20多年倾心考察和表达，同样气象万千。此时，神山藏起光芒，我看到的只是一个壮实的普通汉子，提着相机，正兴冲冲地往沟口的杜鹃花云靠近。

我赶紧站起来，想追上他们的队伍。

才走两步，脚下差点踩到一朵野花，慌乱中我移开脚步，身体几乎失去平衡。反正是松软的泥地，我也不挣扎，顺势慢慢坐在这个地方。在这个过程中，我的目光始终没有离开那朵神奇的野花。这是一朵银莲花，我在这个山坡上已经见过几朵白色的，本想等拍好鳞叶龙胆后再来研究。但这朵花很奇特，少了一个花瓣，这不是重点，重点是它的花瓣基部为白色而其他部分是深蓝色，泾渭分明，十分显眼。

我放弃了追上阿来去看杜鹃花的念头，呆呆地看着它，它超出了我观察银莲花的经验。我忙碌地开始搜索这种银莲花，一朵、两朵、三朵……我找到了很多很多。这种银莲花还真是色彩大师，就蓝色、白色两种颜色，经它调配后，出现了极为丰富的变化。我还发现，即使全白的花瓣，蓝色也不会缺席，它们躲在花瓣的背面，假装是白色的阴影部分。

后来我才知道，迷住我的是钝裂银莲花。

我在那一带原地转圈，一圈一圈地搜索，然后不断地蹲下拍摄。可能在其他人看来，行为非常怪异。终于，一个女保安走过来，温和但又不容商量地让我立即从山坡上下来，说那里靠近隔离牛群的栅栏，时有滚石飞落，有危险。

整个山坡上，并无散落的石块。我半信半疑地慢慢走下来，快到停车处时，一个清洁工笑着说："她以为你是想私自进入景区的人。"可能这才是正解，我的举止，确实值得怀疑。

入住酒店后，距离吃饭还有一个半小时，我背上摄影包，从酒店的一侧进入了树林。毕竟是雨季，我担心后面的时间连续下雨，再无机会拍花，反正常年在山野行走，体能还行，所以一点也不想浪费时间。

十分钟后，我就进入了陡坡上的树林。夕阳的余晖照着树林的顶部，下面是半透明的灰色。我像在一块巨大的毛玻璃里行走，头顶上的光线斑驳地落下来，但又被浓密的树枝切成丝状，飘浮在我身边。

就在这样不稳定的忽明忽暗中，我远远地看见一簇簇报春花，在树丛下面闪耀着，仿佛一团幽暗的红光。靠近仔细观察，它们的花和报春花并无二致，叶子却有很大区别。这还是不是报春花呢？我陷入了一个植物初学者常有的困惑中。第二天，请教阿来，原来它就是大名鼎鼎的掌叶报春。确实，叶子像绿色的手掌，一层层铺满了地面。

二

第二天，和阿来上了同一辆车，趁机掏出手机，向他请教前一天拍的植物。阿来简直是川西野花的肉身数据库，看一眼就知道是啥，连停顿都没有，比回家翻书强太多了。一口气帮我认了十多种，他突然停顿了一下，懊恼地说："你还没给鉴定费，我给你说这么多干啥。"

说笑中，采风团的车往双桥沟开，一路如在画里，我本来想闭目养神，把体力留给一路上的野花，但哪里闭得上：实在太美了，蓝天、雪山、溪流组成了连续不断的竖轴山水画，来过几次双桥沟，每一次都看得目不转睛，只恨车速太快，虽然，车已经开得很慢了。

我们停留的第一站是阿来书屋。书屋在负一楼，楼上是个观景的大平台，平台边有几棵沙棘古树，我看了一阵儿，还是没忍住，拔腿就往溪沟边走。

大家要在书屋里做活动，不知要做多久，而我只想多看看这一带的环境和植物。溪对岸就是野山，一想到可能有我从未见过的物种，隐藏在那些起伏的微茫中，就有点激动到战栗，有如入魔般不可救药。

刚走到对岸，我就注意到被树丛围合的一低洼处有星星点点的蓝色。对我来说，蓝色的花，不管形态如何，总是比别的颜色的花耐看。看上去像斑种草，花朵似乎更大点。我犹豫了一下，还是拨开前面扎手的树枝，挤了进去。等我看清楚，不由一惊，这不是我在甘南的迭部县见过的微孔草吗？微孔草属已知 22 个种类，绝大多数是我国特有，同时是非常珍贵的野生油料植物。可能因为海拔高达 3200 多米，不能像在甘南那样高大且丰姿绰约，身份特殊，还是值得好好记录。作了决定，我才发现拍摄它们很难，在长满刺的树枝丛中，几乎蹲不下去。再难也得进行，我侧着身子寻到空当，慢慢蹲下去，这个过程中，有刺扎进了我的腿部。我咬着牙，继续往下，勉强拍到几张照片，才小心地退出。

我正在清理裤子上的小刺，眼睛的余光里，看见一个熟悉的身影，原来阿来不知道什么时候也溜过来了，看样子，旷野也比书屋更吸引他。

此处颜值高的野花，还得数桃儿七，我们拍了几张，回到栈道上，继续向前。路过一片树林时，远远看到几点白光，刚开始以为是东方草莓或者银莲花，又觉得和它们都有明显的色差，赶紧离开栈道，走进了树林。

"黄三七！"阿来在我身后说。原来，这种先开花后长叶、花蕊非常抢眼的植物就是黄三七，独占黄三七属的孤独物种。我先用手机拍了几张，然后换成微单，在幽暗的树林里，黄三七白色的花总是过曝，我一直减了三档，周围都暗了下来，只有花朵们像灯盏一样露出真容。

接下来的明星物种是金花小檗，这是它们颜值最高的时候，新叶刚出，仿佛雕刀刻就的金色花朵柔中带刚，含笑怒放。

然后，我们回到栈道，继续行走，远处是雪山，身边是湖水，周遭宛如仙境。奇迹是这样发生的——走在我旁边的阿来，突然指着远处的山坡对我说："那不就是你想拍的全缘叶绿绒蒿……"

早晨出发时，我还问过阿来，双桥沟这个季节是否有全缘叶绿绒蒿。阿来想了一下，没有回答，看来不太肯定。

我顺着他手指的方向，果然看见一团团耀眼的黄色花朵，令人难以置信地微微晃动着。虽然知道是海拔 3600 米左右，知道上坡的时候不能太快，我还是忍不住小跑了起来。

"不要跑，下面也有。"阿来在后面喊。顾不上回应他了，我其实看到了下面岩石边的一簇，但上面那一大片花朵更吸引人。

我终于跑到了 50 米外的坡上，一边大口喘气，一边观察，全缘叶绿绒蒿实在太迷人了，薄如蝉翼的花瓣上，有着极纤细的肌理，可容光线轻易穿过。在一棵倒伏的树旁，我拍了几株，然后移身到花更多的地方，刚蹲下来，把镜头对准怒放的花朵，阳光突然把我包围，全缘叶绿绒蒿花朵逆光开放，耀眼的黄色立即分出了层次，仿佛有一个金黄的旋涡在花朵的中心旋转起来。我一口气拍了几十张照片，才满意地一屁股坐下来，慢慢观赏身边这奇异的生命。

突然想到有人问过我，为什么在风那么大的山顶，全缘叶绿绒蒿还要选择这么大的花朵，如此进化的逻辑是什么？没有见过这个明星物种的我，当时只是茫然地摇了摇头。

而此时此刻，坐在全缘叶绿绒蒿的中央，答案是如此简单：几乎每一朵碗大的花里，都有蜜蜂停留，勤奋地收集花粉。风吹着我的脸，也吹着所有的全缘叶绿绒蒿花朵，但是花朵在壮硕的花茎的支撑下，只微微摇晃，并无大的起伏或仰合。花瓣组成的花碗，完美地庇护着蜜蜂，让它们可以安心工作，这样的工作当然也包含了顺便的授粉。

这时，我才发现，同行的在小金县做葡萄酒庄的老杨，敏捷地跟上了我，一直在为我拍工作照。他完整地记录了我这一段幸福到飘起的时光。

我们追上了队伍。阿来决定和我穿过草地和灌木丛去午餐的地方，其他人坐车去先喝酥油茶。

我还没有完全从偶遇全缘叶绿绒蒿的兴奋中缓过来，有点晕乎乎地跟着阿来高一脚低一脚，在灌木丛里穿行，走到一片草地时，阿来发现有几朵东方草莓开得很好，背景也很好，立即趴下去拍摄。趴着拍，比蹲着拍省劲多了。要经历过才知道，在高海拔地区蹲着拍摄有多么费劲，我自己的体验是，肺和心脏本来就需要超负荷地工作，而下蹲拍摄，除了它们被挤压之外，按下快门的时刻还需要屏住呼吸，又进一步打乱了它们的节奏。所以能坐着拍、趴着拍，反而舒服得多。拍摄的姿势越丑，照片越漂亮，这个反比规律特别适合高海拔的拍摄。

简单的午餐后，我们继续前进，海拔越来越高，我们的前面出现了瑞香形成的花球，远处有栎叶杜鹃怒放，我们走到折返点时，海拔已经上了 3700 米。

返程的时候，我和大家走散了，好在我习惯一个人工作，一边走一边拍，又记录到一些植物，值得提一下的是头花杜鹃和高原毛茛，前者是一种精致的杜鹃，花朵紫色，非常适合发展为园艺植物，后者分布在水洼或潮湿草地，如果给它们机会，应该能连成黄色的花毯吧。

<h1 style="text-align:center">三</h1>

长坪沟长 20 多千米，是由雪山、溪流和植物组成的美丽画廊。这里没有车道，全程徒步，这对我来说是一个惊喜。我总觉得在乘车过程中，会错过很多有意思的物种。

我们的折返点距沟口 7 千米，全程 14 千米左右。以我的经验，这样的距离，我会轻松走出 20 千米来，因为会不断地离开步道上坡下沟，如果遇到蝴蝶，还会在那里来回追逐拍摄。所以我精简了器材，背着比较轻的双肩包开始了一天的徒步。我的估计是对的，后来我的手环记录是 24 千米。

在沟口，就看见路边比人高的枝条上，都缠绕着某种藤蔓，似乎还有花蕾，可惜都太高。我东张西望，终于找到一处相对矮的地方，伸手把枝条慢慢拉下来，不由眼前一亮：这根藤上有朵花已悄然开放，一眼便知是铁线莲。再仔细看，萼片四个，原来是铁线莲属的绣球藤。真喜欢看绣球藤花初放的样子，萼片还没全部打开，花蕊像一组小喷泉，仿佛在说，时间到了，一切美好的事物正在来临，恰如我们当初的少年时。

等我拍完绣球藤，同行的人已不见了踪影。那我就更不着急了，整理了一下器材，喝了口水，慢慢往里走。这是一个漫长的下坡，栈道两边三三两两地开满了野花，有我前两天拍过的掌叶报春、钝裂银莲花、桃儿七……都拍过了，毕竟，还不是四姑娘山的花季。

走了几百米，在左边的坡上，发现了一些黄色的花，紧贴着地面。忽然想起前一日回程路上，曾看到一种黄花，似乎被马蹄踏碎，认不出模样。于是离开栈道，小心地一步一步走上陡峭的山坡。这种植物有着心形的叶片，很厚、肉质，有黄色萼片五个，看着熟悉，但想不起名字了。手机有信号，我调出"形色"扫了一下，判断是驴蹄草，没错，是它了。各种识花软件，真是恢复记忆的好帮手。驴蹄草全株有毒，但俯身拍拍，还是很安全的。

这时，大家已经发现我掉队了，派了个工作人员来带我前行。她很有耐心，见我停下来观察植物，也不催，只安静地站在一边。

于是，在她的注视下，我又拍到了黄堇和蔓孩儿参，这两种植物我都在别的地方看到过，但总觉得四姑娘山的它们，更好看，更有仙气。然后想起昨天初遇全缘叶绿绒蒿的兴奋，其实还有一个因素，是双桥沟给它们提供了丰富而干净的背景：长满苔藓的树和岩石，起伏的山脉和溪流，甚至，还有更远的雪山和蓝天。在这样的环境里，它们一尘不染又充满生机，当然要比出现在其他地方更好看。

路上有很多野樱花，看一朵有点单薄，但是看一树还是挺美的。我拍了几张，觉得有点像崖樱桃，查了一下，崖樱桃生长的海拔大多在 1200 米以下，这就有点不对了。后来请教了长期在距此地不远的卧龙自然保护区的林红强兄，他对这个区域的植物很熟，说应该是西南樱桃。毕竟还没有果，少一个查对的要素，暂且当它是西南樱桃吧。说到果，我尝过的野樱桃太多了，没有一种不是酸涩难当，但解渴效果都很好。

正推敲着这个事，有一种更酸涩的野果闯进了视野——茶藨子。我运气实在不错，碰到了茶藨子开花，我开心地换上 105mm 微距头，因为它们的花实在太小了，差不多芝麻大小。但在微距镜头里，它们钟形的花筒相当壮实有力，花序圆锥形，像一座座紫红色的塔悬浮在空气中。如果说野樱桃酸涩难当，那茶藨子的酸，简直就是致命的酸。只需一粒，干渴已久的喉部就会重获滋润，但你必须经历那致命的酸带来的全身一哆嗦。

又走了一段，我终于追上了团队，但与他们同行的路程并不长，我很快又掉队了。然后，我又在下一段路追上他们。如此反复几次，我们就到达了 7 千米的折返处。

我们沿着溪水走了一段，然后在树林围合的草地上坐了下来，阳光强烈，我就把脑袋缩进卫衣的帽子里，眯着眼睛，很舒服地喝酥油茶。这个舒服有好几层意思：首先是雪山、草地的无边空旷，是喝茶的最好环境；然后是一起喝茶的同行者，都是小说选刊杂志社邀约来的各地名家，如写《历史的天空》的徐贵祥、写《悬崖之上》的全勇先、和我一样痴迷普洱茶但比我更专业的批评家谢有顺……还别说聊天，看着他们我都觉得是享受；最后，也是非常重要的，小金县的酥油茶是最合我胃口的！各地酥油茶大致相当，但茶料和比例区别太大了，多数我喝起来还是略腥，只有小金县的我可以一碗接一碗不停地喝。

简餐之后，我又毫无悬念地掉队了。快到折返点时，我相中了一个观赏植物妙不可言的地方：那里有几块岩石，几根倒卧的巨木，积累多年，它们的上面像桌子，或者说像被举到空中的桌上花园。和趴在草丛中寻找野花比起来，观赏它们就太休闲了，完全是享受。

这样的"桌面"主要是由特别小的苔藓和小野花组成，仿佛小人国的花园。我这个大人国的头，就这样毫不客气地伸进了小人国的一个又一个花园，眼皮下，整个园子一览无余。

我发现的第一种袖珍野花是日本金腰，它们细小的绿色花朵相当耐看，花谢后，花朵就魔术般地变成了小果盘，装满碎珠子。另外一个小花园里，我找到一种黄绿色的小野花——五福花，和日本金腰比起来，它更是小人国的物种，这一株是五朵小花组成的头状花序，被细细的茎斜斜地举到空中，很骄傲的样子。

正拍得起劲，景区的资深摄影师黄继舟碰到了我，他担心我的安全，便和我一起慢慢往回走。走了一段路，突然看到栏杆外一低洼处，有一茎白花很不显眼地立着，走过去俯身一看，十字花科种类，从未见过。不用想了，我翻身出了栏杆，直接靠了过去，继舟兄也随即跟我下来。后来确认它是山萮菜属的密序山萮菜，高海拔地区的植物，并不多见。

这一天，我发现的最后一种有趣的植物是茄参，茄参花色多变，其中紫色、黑色的最有观赏性。我们遭遇的这株是很容易错过的，它的绿色钟形花朵很好地隐藏在叶子里，我指给继舟兄看，他都看了一阵儿才发现。拍摄也不容易，它长在一个基础松动的泥土坡上，拍着拍着人就滑下来了，只好上去再拍。

长坪沟的步道很完美了，但也还保留着一条马道。我们在马道与步道的交会处停留了一阵儿，因为我看到几只粉蝶在那一带徘徊，高海拔地带有很多独特的粉蝶，我换上105mm微距头，想碰碰运气。但它们很警觉，几乎不停。我没有更多的时间了，只好叹了口气，放弃了。

我们走出长坪沟的时候，继舟兄说，现在寻花还早了点，六月中旬，就可以看到花海了。现在都这么美了，真不敢想象那时的景象啊。

四

刚回到重庆，我就开始筹措六月中旬的四姑娘山之旅。作为一个蝴蝶爱好者，在寻花的时候，顺便拍到一些没见过的蝴蝶，岂不是锦上添花？于是，我说服了成都的蝴蝶高手姚著同行，他是我见过的最善于发现并用相机捕捉影像的蝴蝶猎人。几天后，他又说服了对巴朗山及四姑娘山一带特别熟悉的王超。

6 月 15 日凌晨，我们一行四人的车轻悄地开出成都，朝四姑娘山进发。

10:40，我们到达巴朗山隧道口前不远处。此时阳光灿烂，王超停车后侧身对我们说："可以先看看野花了。"下车后，我看了一下海拔，3300 米，确实已经进入了高山野花的区域。

毕竟是到高海拔地带的第一天，上坡我们尽量缓慢地移动脚步，以保存体力，避免高山反应。这个山坡已经是一片花海，它的底色是由几种黄花构成的黄色，其中的主力是驴蹄草。

没走几步，就发现让我一阵兴奋的野花：金脉鸢尾。它的花呈美丽的深紫色，更精彩的是，外花被上布满网状的金色条纹，图案犹如金线绣就，非常耐看。

我们继续驱车上行，再下车时，海拔已是 4000 米以上。王超停车的地方，正是一个陡峭的小型流石滩的下口处，流石滩被盘山公路数次截断，贯穿它的溪流却保持着流淌。

"李老师，看！那个方向，有红花绿绒蒿。"王超指着我们头顶左上方的一堆岩石说。那堆岩石上，有一团火苗飘浮着，特别像灯盏，还有一根弯曲的灯竿把火苗挑到空中。

我尽量平复心情，不敢太兴奋，慢慢往坡上爬，一步一喘气，花了比平时多两倍的时间才来到红花绿绒蒿面前。近了，它就不再是跳动的火苗了，只是绸面质感的折纸，上面还带着三角形的神秘折痕，像红色的纸艺作品。我在后来看到的所有红花绿绒蒿的花朵上，都发现了类似的折痕。所有的花朵甚至蝴蝶、蜻蜓的翅膀，原始状态都是折叠着的，或者像卷好的画卷，但当它们展开在阳光下时，却不带任何折痕。红花绿绒蒿真是一个奇特的例外，我在想，这是不是和这种植物生长六年才能开花有关，六年，折叠的时间实在太长太长啦。

就在溪水边，还有颜值很高的独花报春，它粗壮的茎干上，只有一朵深紫蓝色的花，好在很多茎干挤在一起，也能凑出一堆花来。

拍这两种花的同时，我还拍了不少以前见过的高山野花，如初开的大卫氏马选蒿等。因为下午要进双桥沟，我们没敢继续搜索别的野花就匆匆离开了。

车开出巴朗山隧道时，已进入四姑娘山自然保护区的区域，山的这一侧和那一侧竟然完全不同，我们的头上由云蒸雾绕瞬间换成了蓝天白云、烈日高悬。老姚判断这一带应该有蝴蝶，我们同意短暂停留，分开各自寻找以提高效率。

姚著身体状态真好，下车就匆匆朝着公路对面而去，那里的山坡有一条溪流，应该是蝴蝶爱逗留的地方。我选了一个相反的方向，这里是一个平整出来的大平坝，雨后，分布着几滩积水，我觉得蝴蝶会非常喜欢这样的潮湿泥地的，就径直朝着第一个小水洼走去。果然，第一个小水洼就有几只粉蝶起起落落，我随手拍了一张，放大一看，一阵惊喜——是我没见过的蝴蝶。看着蝴蝶有些惊慌地散开了，我干脆退后几步，先吃干粮，等着它们回来。

这时，老姚和其他人都围过来了，我们的判断差不多，是绢粉蝶，颜色上略有差异，他觉得可能是雌雄。雨后的蝴蝶，还是比较饥渴的，被我们打扰后，它们换了一处水洼，又开始大吃大喝起来。我们都顺利地记录到它们的影像。后来请教了陕西的蝴蝶高手文浩，才知道我们拍到的是两种粉蝶——维纳粉蝶和大卫粉蝶，都是很难见到的种类。

车继续往前开，突然，透过车窗，我猛然看到一群蝴蝶飞起一团，连叫停车。这是一个沟口，溪水从桥下穿过公路，路边有宽敞的空地，常有车在此停留，地上有重叠的车辙。而就在车辙上，几十只蝴蝶起起落落，好不闹热。在这蝴蝶的集会上，我终于拍到了绢粉蝶——贝娜绢粉蝶，对比看一看，和粉蝶属的比起来，绢粉蝶就是要清秀得多。

下午三点，和黄继舟会合后，我们换乘了管理局的车，沿着双桥沟的溪水一路上行，车在沟尾停住，已是海拔 4000 多米以上。为什么一路不停，直奔此处？继舟只是笑笑，并不解释。

我们很快就走进被封锁的弃道，残损的栈道上满是石块，看来是经历过一次山洪。前面，汹涌的溪流拦住了我们的去路，本该有的桥早已无影无踪。继舟并不意外，他举起一块只有巴掌宽的木板，比画了一下，直接扔到溪流上，再搬来石头将它固定，这就是桥了。没有任何停留和犹豫，他直接从摇摇晃晃的独木桥上走了过去。我们也只好硬着头皮，尽量不看滔滔溪水，一个接一个地走到了对岸。我的鞋在过"桥"时打湿了，因为有一股水花一直冲到"桥"上，为了安全，我保持均匀而稳定的步伐通过，不敢刻意去避开它。

我们很快就明白了，为什么黄继舟要这么不怕麻烦地带我们来这里了，我们的眼前出现了一幅奇异的幻想画：在陡峭的山坡上，四处摆放着紫色的"鞋子"，不对，不是摆，它们飘浮着，又像是停在绿色的叶子上，每一只"鞋子"都长着一对同样紫色的翅膀。

西藏杓兰！这可是青藏高原及横断山区的明星野花，说它是万人迷一点也不为过。

我们来不及交流各自的惊喜，就迅速散开在山坡上拍了起来。我可能是最后开始拍的，因为想让气场宏大的雪山成为背景，而初开的它们，相当矮小，几乎很难从草丛里探出头来。我找到了一株相对高的，坐下来，还是没有拍。我要先清理完它们周围干枯的杂草，枯草会在照片里成为显眼的杂乱线条，干扰我们对目标的欣赏。做完准备工作后，我已经气喘吁吁，又调匀了呼吸，才开始拍摄。

等我拍到相对满意的照片，抬起头来，才发现伙伴们都不在了，他们爬到了山坡之上，有的继续拍西藏杓兰，有的在寻找蝴蝶。

我独自往坡下走，我想到栈道的另一边，那边是悬崖，想拍摄悬崖边的西藏杓兰，背景也一定很迷人。西藏杓兰没找到，在悬崖边的石缝里，却找到了几朵非常飘逸地垂下来的黄花，看着面熟，想了一阵儿才反应过来，我在网上见过，它是西藏洼瓣花，也是难得一见的野花。

就在岩石边，还有一种忍冬科的植物正在开花，我觉得像裤裆果，还在推敲的时候，远处传来了姚著的喊声："李老师，快，换镜头。"他知道我拍花用的是 35mm 微距头，拍蝴蝶偏好用 105mm。我想都没想，迅速回到背包处，最快时间换好镜头就朝他走去。

顺着他手指的方向，我看见一只娇小的粉蝶正飘向一丛灌木，白色身影闪现在树叶的阴影中。

"落了！"姚著高兴地说。

我尽量轻手轻脚地靠近那丛灌木，果然见一只翅膀上绣着黄绿花纹的粉蝶，竖着翅膀，立于细枝的尽头，前翅隐约有橘黄色的斑纹，并顶角尖尖的。镜头里，它的后翅宛如美玉，这只襟粉蝶太美了！我在心里赞叹了一声，迅速按下了快门。然后，进一步接近，再拍一组。这是一只皮氏尖襟粉蝶，春季才有的蝴蝶，一年只有一季，四姑娘山也只在六月前后出现。

几分钟后才从山坡上急急下来的王超，错过了时机，这只襟粉蝶自此飘飘荡荡，就在我们周围飞来飞去，却不再停留。

但王超下来得也很有价值，就在我们眼皮下，他发现了一株尖被百合。我对野生百合一直非常喜欢，所以开心得要死。这株尖被百合花朵尚未完全打开，这是它最美的时候——像一个精致的鸟笼，里面还露出眼珠似的黑点，仿佛只要一打开，就会有神物展翅昂首上天，永不反顾。

又有粉蝶落到了山坡之上，王超拔脚就往上走，我想了想，停住了脚步，感觉脚步格外沉重。我有点奇怪，到高海拔的第一天，我一直保持着缓慢的行走啊，为什么还会有这么明显的高山反应？仔细想了想，从到巴朗山开始，这一天偶遇的明星物种实在太多了，我可以控制脚步尽量缓慢，却不能控制自己的连续高度兴奋，我这是心情超载啊。

回到酒店后，我胃口全无，来不及冲洗就倒床而睡，一个多小时后才满血复活，回到已经有点担心的同伴中，一起享用当天的晚餐。

五

第二天一早，我们继续进双桥沟，前一天直接去的沟尾，所以这一天的计划是以服务中心为出发点，步行向上，到双桥沟的中段扫描野花。

刚下车，就在服务中心一处建筑的屋檐下看到了一株正在开花的耧斗菜，熟悉的紫色的花瓣和萼片，初步判断是华北耧斗菜。华北耧斗菜又名紫霞耧斗，后面这个名字似乎更为传神。

　　我们走进树林的时候，天上飘浮着薄云，一个多月后重新来到这一带，感觉已是两个完全不同的地方。那时地面上主要是苔藓，草丛星星点点，桃儿七孤零零地在裸露的泥土上开出花来，灌木和乔木都露出金属般的质地，让人感觉到春天正在一片萧杀的树林里挣扎着醒来。而现在，树林里像打翻了颜料盒，一堆一堆的黄花、白花、紫花密集地挤在一起，喜气洋洋，肆无忌惮，春天早就窜到了树梢，像一个胜利者在某个高处屈膝而坐，回忆着一个多月来的经历。

　　这样的气氛，让我的脚步也变得轻快，我在山坡上信步来去，不时俯身拍摄野花，竟然没有感觉到任何不适。我拍下的照片，也带上了这种气氛，有一种笼统的喜悦，不具体，难以分析，却感染到了每朵花，让它们的结构、颜色和线条看上去更协调、更合理、更迷人。

　　于是，我觉得即使拍过的花也值得一拍再拍。我重拍了桃儿七，它已不是早春的野性的桃儿七了，它不需要战斗，也不需要挑衅，它更像一个阁楼上的处子，矜持、优雅，只需春光的殷勤和怜惜。我甚至连路边青、草玉梅、东方草莓、细枝绣线菊都拍了又拍，因为此时此刻，它们似乎格外好看。

　　我们来到上次初见全缘叶绿绒蒿那一带时，时间是十点半，阳光露出了薄云，照着下面的湖面和牛栏。这里的钟花报春，不像在巴朗山上那样在草丛中勉强探出头来，它们常常能独占一堆岩石、一片山坡或一处湖畔，尽情展现优美的轮廓。

再美的地方，如果没有生命来照亮，那也只是万年死寂的山水。反过来，野花们，也只有在四姑娘山，才能拥有如此辽阔的视野和疆土，可以想象，即使在午夜，对于身子高挑、花朵凌空的它们，疆土仍然无边无际，甚至能把头顶灿烂的银河也包含进去。

在阳光的照耀下，挨过冬天的蛱蝶也出来了，这里的优势蝴蝶是荨麻蛱蝶，它们的翅膀残破、颜色陈旧，但却带着一种过来者的骄傲。成功越冬后，它们就可以轻松地繁殖后代了，从湖畔到山坡，都是它们的领地。

我在观察荨麻蛱蝶的时候，王超有了新发现，在栅栏围合的一小块土地上，长满了贝母，而且正在花期。我们也过去，伸头往里面看，感觉就是本地的原生种川贝母。果然，后来我们陆续发现了开花的川贝母，证实了牧场主人圈养的就是本地种。后来，接送我们的师傅掏了一株出来，我们终于见到了新鲜的川贝母球茎，雪白，带着药香，像贝壳。

接着，我们分成两组，姚著带着两人沿栈道前行，想试试能不能拍到蝴蝶，因为不时有蝴蝶掠过我们而去，很像昨天我们拍到的皮氏尖襟粉蝶，当然，也可能有红襟粉蝶。我和继舟兄沿栈道右侧的山坡，重回树林，也肩负着一个昨晚大家热切讨论的目标——豹子花，另一个高海拔地区的明星野花。

没走几百米，我觉得老姚有点吃亏，因为我们转眼就踏入了天山报春的花海，林间空地的天山报春，开成了红艳艳的花毯，看着看着，就会感觉心很软。我突然想起，有一次在一个大学分享我的野外经历，有位同学问我，在野外行走，人的内心究竟会发生什么样的变化。我当时都没思考，脱口而出："很多变化，特别重要的是，人会变得比以前好一点。"艰苦的野外行走，除了让人更有耐心、更坚韧、更自信，还会让人内心变得更柔软，因为你会见证很多奇迹般的事物，很多美好的事物。

这条路虽然美，但是难度也大很多，实际上是野地穿越，有时要穿过灌木丛（你不能走得太快，因为随时可能有淘气的灌木伸手拉住你的衣裤），有时要穿过假装成草丛的水洼，没有危险，但是淤泥会直接没收你的双鞋，四十多分钟后，我们重新会合。老姚什么蝴蝶也没拍到，表情略略有点失落。

我们来到王二哥牛棚子的时候，已经快中午一点。我上次来四姑娘山，也吃过这家原住民自己开的土菜餐厅，对他们的烧馍馍和野菜印象特别深。还没走进院子，就感觉口水开始往外涌。

不过，一进院子，我和老姚的注意力立即被后面的牛圈吸引住了，这是方圆几千米的唯一牛圈，牛圈四周若有若无的牛粪味对蝴蝶来说，简直是来自天上的幽香，不可能拒绝。所以，这应该是个绝佳的蝴蝶聚集地啊。

果然，当我们探头往后院看的时候，有几只粉蝶正聚集在地上潮湿处一动不动。"还是维纳粉蝶。"老姚仔细看了一阵儿，说。

　　我的习惯，是不管什么蝶，只要换了地方，先拍再说。我让他们先吃，翻身就进了后院，把几只粉蝶逐个记录才洗手进屋。事实证明，我的习惯相当有道理，因为看起来差不多的蝴蝶，完全有可能是不同的种类。

　　牛圈外停的蝴蝶不是维纳粉蝶，而是杜贝粉蝶，它和前者的后翅反面都有着粗黑的翅脉，不同的是，杜贝粉蝶的外缘底色变浅，而肩部的橙黄色带略宽。就因为我的谨慎，我的此次四姑娘山之行，竟然新拍摄到四种粉蝶，这可是想都不敢想的。

　　幸福地享用了烧馍馍等原住民美食后，我们决定就在附近搜索，看看能不能增加动植物记录。

　　我沿着有溪水的路走了一圈，拍到川贝母等五六种野花。等我回到屋后时，只见老姚和王超都趴在地上，向我招手。我赶紧冲过去，知道他们的前面，必定是有蝴蝶了。

　　这是一只小型蛱蝶：珍蛱蝶。珍蛱蝶的主要特征是前后翅反面的外缘有一列醒目的 V 形图案。我曾在云南大理的高山地区等地拍到过珍蛱蝶，但是这种蝴蝶小而机敏，停留时间很短，最多给你一个记录机会，不会让你从容拍摄。但这一只很安静，几乎不动，看其翅膀两面的新鲜程度，估计是刚羽化，又遭遇大风天气，只好待在低矮处保持不动。我非常幸福、从容地拍到了它的正反面，也第一次在镜头里就看清了它精致的鳞片和绒毛。

　　拍完后，我们又各自散开，寻找新的目标。我不时去牛圈附近看看，因为它像一个大型车站，总有蝴蝶在那里逗留。但是风太大，车站生意难做，客人都吹跑了。我有点扫兴，便沿着石墙观察几只荨麻蛱蝶。

它们为什么不像之前碰到的几只那样选择石板上停落，而是围着几株荨麻飞个不停？我突然恍然大悟，它们名叫荨麻蛱蝶，当然得围着寄主植物打转，目的也必然是产卵啊。

我直接就在一丛最大的荨麻旁的泥地上坐下，守株待兔，等着它们飞过来。不一会儿，一只腹部肥壮的雌蝶就飞过来，根本无视举着相机的我，直接趴在叶子上，像虾一样弯曲着腹部在叶子背面产卵。它的翅膀和头部一动不动，唯有腹部在有节奏地工作，像一只微型的冲击电钻，我从镜头里能清楚看到，随着它腹部的震动，叶子背面的卵不断增加。三分钟后，它才产完离开。为了拍到它在叶子背面留下的卵，我咬着牙，皱着眉毛，伸手捏住荨麻的叶片，把它翻转过来。不出意料的，荨麻的毒刺扎破了我的皮肤，我的手指头传来火辣辣的锐痛。我忍住痛，稳稳地保持着手指不动，还一边拍，一边调整叶子的方向，直到拍到了荨麻蛱蝶卵的高清照片——它们终于变得清晰了，那么剔透、滋润，像用翡翠雕刻而成的美妙艺术品。

六

四姑娘山自然保护区的范围比景区更大，巴朗山一侧也在内。黄继舟自然对巴朗山也非常熟悉，看见我们对绿绒蒿特别有兴趣，于是答应带我们去巴朗山顶，路上还有几个很好的观赏点。

晨光初现时，我们已经驱车向着巴朗山而去。继舟兄的车在前，我们的车在后，两辆车像两只小甲虫，在苍凉而壮丽的巴朗山迂回往复，盘旋而上。

9:00，车停住了，我们一下车就惊呆了，整个山坡被盛开的头花杜鹃染成了红色。印象中，头花杜鹃的花朵，是不起眼的小花，完全想不到当它们成千上万拥挤在一起开放时，也能成为滔滔花海直逼云天。太壮观了！即使广角镜头也容纳不下这么壮观的场面。

在走进头花杜鹃花海前，我先检查了一下相机，用了路边的一丛报春作目标。后来才知道，我顺手拍的竟然是大名鼎鼎的雅江报春。

我们在头花杜鹃的花海中，慢慢往山顶走，此时海拔是4000米左右，已经有些费劲，每走几步，就要缓一缓，如果是蹲下拍了照片，站起来更需要大口喘气。我们几乎是沿着一条溪流曲折而上，这是一条美到绝致的溪流，因为溪水之上，开满了紫花雪山报春，可能还有心愿报春（紫花雪山报春组的几个种类实在太难区分了）。但是在现场，你觉得完全不需要区分它们，这些高大、形状优美的报春，每一枝都是独立的气质超凡的仙子，她们都该有自己的名字，自己的兴趣、特长和心愿，整个山坡正是因为有了这些独立的敢于俯视万丈峡谷的生命，才有了非凡的气质和深度。

这条小路上，有意思的植物还不少，有之前拍过的全缘叶绿绒蒿和红花绿绒蒿，还有很多没见过的，印象比较深刻的有两种：一是具鳞水柏枝，一是反瓣老鹳草。

前者的花秀气，叶针形，我这次拍到的是它们初开的花球，花球旁是松果塔一样的新叶，高海拔地区的水柏枝才有如此奇异的容貌。

后者的发现过程更有戏剧性，我路过一株老鹳草时，看见它的花朵有点不正常，顺便拍了一张就往前走了，边走边习惯性地回放，想知道它是什么原因导致不正常，等我看清楚后，立即撒腿就往回跑——这不正是我一直在寻找的反瓣老鹳草吗？以前这个物种，只在喜马拉雅山中段有分布，但根据我在 PPBC 中国植物图像库（出自中科院植物所）的查阅，近几年中国植物学家在四川、云南的很多区域已有发现，没想到在巴朗山偶遇了。回家后，我又进一步查阅了这个物种的资料，发现中国植物图像库等专业网站已合并了反瓣老鹳草和紫萼老鹳草，可能这才是我能在巴朗山拍到它的原因，是植物分类研究的新进展导致了种类合并，继而带来分布的扩大。

这个点的拍摄，用掉了我们 50 分钟的时间，我们赶紧聚集到停车点，准备去往下一个点。

王超没有全程参与这个点的拍摄，他最辛苦，提前返回路边，把车开到新的停车点——这样大家就减少一半的步行。在等我们的时候，他发现了一种"类似于百合或贝母的植物"，然后带我去看。我好奇地蹲下看了看，明白了，此物叶披针形、花如宫灯，很是奇妙，从特征看应该是蝇子草属的，后来卧龙自然保护区的林红强兄确认是隐瓣蝇子草。

就在这丛植物旁，我发现还有一朵贴在地上的黄花非常陌生，应该是我没拍过的。由于驴蹄草铺天盖地，加上高山毛茛锦上添花，巴朗山上的黄花实在太多了，另一些很有价值的黄花很容易被错过。眼前这株矮金莲花就是如此，大家走来走去，在它附近拍摄，根本没人正眼看一下它。其实，这是一种很值得细细琢磨的奇特植物，它的萼片黄色，而花瓣却退化成一些小肉棍混在雄蕊中，这使得花蕊层次丰富而饱满，比其他的花更为耐看。

拍完后，我提醒自己，接下来一定不要先入为主地忽略黄花。这非常有用，我在后来的徒步中又拍到了高海拔地区才能看到的鸦跖花，它的萼片革质，花瓣略尖，整个植株显得强壮有力，富有生气。

我们停车的下一个点已接近山顶，海拔 4200 米左右，刚下车时，我们几个面面相觑，因为除了来去的公路，唯一的山坡近乎绝壁，而下面深不见底，哪里有路？

黄继舟淡定地指着绝壁方向说，从这里过去，快的话十几分钟就能到一处流石滩。一听流石滩，我们的精神都提了起来，流石滩是雪线下的独特生态系统，是很多珍稀高山植物的天堂，巴朗山上的流石滩对我们的吸引力就更大了。

我们小心地慢慢往上走，绝壁上果然有路，要近了才看得见，可以从上方绕过狭窄且十分危险的沟谷去到对岸。在路上，我用手机往下拍摄这条沟谷，可惜照片反映不出实地的险峻。

这条人迹罕至的小道，应该是去采雪茶的人踩出来的。我后来捡起雪茶研究了一下，感觉是一种枯干的地衣植物，形如白色、光滑的枯枝，枯枝中空，末端尖如矛头，闻起来有菌类的香味。

突然，王超兴奋地指着我们头顶的一处说："绿绒蒿！"

我抬头一看，逆光中，只见一矮小植株上，一朵蓝色的花朵正迎风微晃，蓝色的中心仿佛有一群小小人在跳舞。我们慢慢往上再往上，足足走了好几分钟才到达那个区域。不止一株，这个区域足足有五六朵蓝花在摇晃。这是川西绿绒蒿，和红花绿绒蒿、全缘叶绿绒蒿比起来，矮小的它们选择了更高的海拔、更艰难的生存环境。

大家刚拍完，就听见姚著在远处招呼："快过来，有绢蝶。"

老姚研究过资料，巴朗山有三种绢蝶，六月正是它们的发生期，而绢蝶的习性是只在雪线附近的寄主景天属植物附近活动。所以，姚著一路专注地寻找景天属植物，终于在一处悬崖上发现大片红景天。他就不动了，一边观察一边静等时机。此刻，太阳突然从云缝中冲出，巴朗山的这一侧被整个照亮。绢蝶也在等待这一刻，它们三三两两地从隐蔽处飞出来，在红景天四周起起落落，享受着阳光的温暖。

我是跑得最快的，第一时间就冲到了附近，看见绢蝶起落的地方，是一处30多平方米的斜坡，斜坡尽头就是万丈悬崖，我停住脚步犹豫了一下。经仔细观察，此处斜坡灌木多，也有低凹处，失足滑下的风险很小，就小心进入了景天与杜鹃密集生长的这个区域。

这时，有一只绢蝶落在了我的前方，可惜被灌木挡住了视线，在它起飞前只拍到一个模糊的影子，众人在我身后连声替我惋惜。

又有一只绢蝶，在另一个区域落下了，大家立即包抄了过去。看着四周的红景天，我决定不动了，在此蹲守，只要阳光还在，绢蝶肯定会回来的。

等了五六分钟，果然有一只绢蝶像断线的风筝那样斜斜地飘到离我几米的地方，我的心跳加速，仿佛全身都能感觉得到那不可控制的咚咚震动。我深呼吸了一下，才起身朝着它落下的方向移动。快到时，我进一步放慢，头差不多是一寸一寸地探出去的，这个速度绝不会惊动蝴蝶。我终于看清它了——它正在草丛中寻找着什么，一边移动，翅膀一边收折又打开。这可不是蝴蝶的休息姿势，它随时有可能飞走。我赶紧把镜头伸出，迅速对焦，连拍了好几张，绢蝶就在这个过程中突然拉升到空中，转眼不见。

　　还是在这个区域，又有一只绢蝶飞过来停下，它略略收起了前翅，摆成战斗机的形状。此时太阳已躲进云层，没有热量的提供，蝴蝶会减少飞行，尽量休息。这给了我们最好的机会，我们轮流上去，每个人都记录下了它的影像。除了老姚，我们几个都是第一次拍到绢蝶。

　　经确认，我们拍到的是珍珠绢蝶。

徒步缙云山

要读懂缙云山，先得读懂华蓥山脉。

从万米高空俯瞰，华蓥山脉形如龙爪，斜插入重庆版图，活生生地隔开了西边的浅丘和东边宛如竖琴般优美而整齐的平行山岭。龙爪，也就是华蓥山的支脉，最有代表性的有九峰山、缙云山和中梁山。仔细看，龙爪经历嘉陵江的亿万年切割，被迫让出了一条宽阔的水道和曲折峡谷。

2000 年起，我就爱上了高山峡谷间的徒步，最初因为迷上蝴蝶，后来扩展到野外的各种动植物。华蓥山脉距重庆主城近，自然成为我和同伴经常探访的地方，有几年的好季节里，我们都会在缙云山盘桓多日。后来对华蓥山主峰产生了兴趣，又移师过去连续考察。再回到缙云山时，更能感受到同一山脉物种的共同性和差异，对比研究，相当有趣。

我曾经写过一句话：读书如读山，宜溯溪而上。我觉得溯溪而上，真的是最美妙的读山方式，沿溪谷上山的路，风景多变，物种丰富，比枯燥的从头到尾拾级登顶要有意思多了。但是缙云山没有贯穿始终的溪谷，这种方式就不适合。

作为华蓥山脉龙爪的中指，缙云山长条形的山脊西坡舒缓、东坡陡峭，林相风物各异，选不同的线路上山，会让你怀疑是不是登的同一座山。缙云山岩层一般上层为厚砂岩，下层为泥页岩。泥页岩能像海绵一样吸纳水分，超出容纳量后，水就从两种岩层之间流出，在东坡、西坡分别形成平行的冲刷沟谷。

正是这种有如内藏水箱的岩石结构，支撑着缙云山大面积的常绿阔叶林，又因为东坡的陡峭，不宜耕作，在人类活动极频繁的地区，保留下来一个相对稳定的生态系统。抗战期间，缙云山成为南下的中国植物学家的乐园，发现大量模式植物。

生物多样性从来不是单方面的，缙云山还成为很多动物的庇护所。以我最喜欢的蝴蝶为例，重庆北碚区一个蝴蝶爱好者，锁定缙云山进行连续考察，最终记录到 144 种蝴蝶，这是 2015 年的数据，现在应该又有进展。横向对比的话，南京的蝴蝶研究者，近年出过一本《南京蝴蝶生态图鉴》，记录到 152 种。同样源自第三方观察者，缙云山和包含着无数山岭的南京市记录的蝴蝶种类竟能如此接近，生物多样性重要性不言而喻。

一

阅读缙云山，或者说以物种考察为目的的缙云山徒步，我是从黛湖区域开始的。

这是此山一个相对来说水系完整的溪谷，雨水被树林及落叶层吸收后，慢慢渗进岩层，这个过程经过近乎完美的自然过滤，再从不同岩层的接触面往外涌，形成众多的泉眼。

20世纪30年代，这个溪谷被筑坝截流，才有了黛湖。黛湖的下游，还有两个湖体。三个湖共同组成了一个波光激滟的生态系统。

围绕着黛湖，从2000年开始，我有十多次不同时段里的徒步，有着完全不同的感受。

第一个阶段是2000年到2007年的4次黛湖区域徒步，算是一个阅读缙云山、认识黛湖的递进过程。最初的两次，是想溯溪而上，记录500米左右落差环境中的物种变化。但湖边小道有时很快就拐进了松林，有时又进了寺院，线路越走越糊涂，来回走了好多回头路。好在环境好，蜻蜓多，体验感还是挺好的。

2006年秋天，完整地走了一次黛湖区域，是从绍龙观往上，经翠月湖再到黛湖，终点是翠月湖的上游水源。

那是记忆中最完美的黛湖了，湖水如黛玉，浅水处有水草窜出水面，深水处浮着蓝天和白云，我竟然忘了记录纷飞的蜻蜓，坐在湖边发了好久的呆。感觉这湖虽小，却有灵性，一如缙云山之眼，和我们一样，也看蓝天，也看白云，有时，还有水草眯着眼睛看蜻蜓飞舞。

由于有黛湖的关照，蜻蜓也显得比其他地方自在，并不怎么怕人。我毫不费劲地观察到好几种蜻蜓：锥腹蜻、黄翅蜻、红蜻、白尾灰蜻、异色灰蜻、玉带蜻和华斜痣蜻。其中的玉带蜻是这个区域最显眼、最稳定的存在，后来的漫长岁月里，每到黛湖必能看见。雄性的玉带蜻，黑色腹部的第 2 节至第 4 节为白色。所以，只要看见一只蜻蜓拖着白点在空中穿梭，那就是它了。体型稍大的华斜痣蜻还是有些警惕，我是第二次在野外碰到，特别想拍。它飞两圈，停一次，很有规律，可惜从不落在离我近的地方。

那次徒步的最后段落，在过膝的草丛里，还见到了难得的景象：足足有 20 多只苎麻珍蝶在很小的范围内起起落落，享受着秋天的阳光，像一些忽然有了呼吸的金箔，耀眼而灵动。

苎麻珍蝶群舞的景象，给了我很大启发。次年春季的一天，我独自驱车来到了黛湖，停车后就急急往同一个位置走，想象那里应该有很多蝴蝶出现了。

可能到得太早，那一带尚未被阳光照到。进一步仔细观察，除了灌木、青草，也没有别的蜜源植物，就算等到阳光满目，是否会有蝴蝶来仍是问题。

在黛湖边来回走了 40 多分钟，一只蝴蝶也没见到，只觉得衣服略单薄，吹来的风颇有寒意。

我边走边想，黛湖区域，正好是缙云山连绵不断的阔叶林的边缘，再往下就是农耕区，这种过渡地带是蝴蝶最喜欢的。所以，眼前的受挫一点也不能影响信心。回到车上，我调头往

【 蜻蜓之诗 】

好吧，现在我接受你的看法／一个无法分辨雾气和河水的人／

永远无法获知自己的边界／我这只盲目的蜻蜓／飞着，看着，听

着／却不知谁在驾驶，谁又是乘客

但我不能为此否定这一切——我在生活的边缘飞着／也在迅

速变黑的田野上飞着／正是我看到的，听到的／堆积起来，构成

了我的心灵

李元胜写于2002年5月

下，见路口或人家就停，四处寻找有蜜源植物的地方。

在距离翠月湖不远的地方，有了惊喜的发现。一农家附近竟有一小块地的萝卜花正在盛开。春天的田野里，萝卜花和大葱花，是最能吸引蝴蝶的。但去那块地，必须经过农家的院子。

"你走错了，农家乐在上面那条路。"一个中年汉子闪了出来，在院门口挡住了我。

"我不是找农家乐。你家萝卜花那里有蝴蝶，我想去看看。"我指了指他的身后。

"我妈妈种的，萝卜花太惹蝴蝶了。你是研究害虫的吗？"他有点不好意思地笑了笑，一脸歉意。

"不，我喜欢蝴蝶，所以萝卜花是好东西。我能过去看看吗？"

"噢。"他看了我一眼，似乎松了口气，让开了路。

刚走到萝卜花旁边，我就发现有一只粉蝶很不一般，比菜粉蝶明显小一些。它停下来时，我的眼睛都瞪圆了："黄尖襟粉蝶！"

襟粉蝶属的种类很少，重庆主城区能有机会看到的，就是这个头小小、翅角尖尖的黄尖襟粉蝶。

我蹑手蹑脚，猫着身子迅速来到那簇萝卜花下，仰着脸拍了起来。

它也只给我这一个机会，再次拉升到空中后便坚定地向着山下飞走了。我叹了口气，扭头又来寻找别的蝴蝶，在我的视野里，至少有三种灰蝶和两种凤蝶。

这块地缺点是稍微小了点，只要探出身来，举起相机，蝴蝶就会受惊飞走。我只好蹲在那里，耐心等着它们回来。

"你要不要板凳？"身后传来了那个汉子的声音。他应该在那里站了好一阵儿了。

于是，我第一次坐在萝卜花地里蹲守蝴蝶——旁人看着一定非常奇怪，我自己却很舒服。

中午，我穿过院子，去附近农家乐吃了饭，再回到萝卜花地里幸福地坐下。等着下一拨有翅膀的客人光顾。

前后有十来种蝴蝶拜访了这片萝卜花，仅凤蝶就有金凤蝶、青凤蝶和碧凤蝶。真的没想到，才三月下旬，它们就纷纷羽化了。

这次拍摄后，我和朋友们对缙云山的兴趣转向了植被更好的密林深处，有很长时间没有专门在黛湖周边徒步，主要原因是这一带陆续出现了几个农家乐——云登酒店、金湖湾度假村、大罕宫酒店，它们占据了黛湖视线最好的位置或者圈出了自己的地盘，已不适合自由行走。

这算第二个阶段吧，有几次路过，我也努力去小走了一下，但是黛湖已无之前的清幽，水质明显变差。我和这里的蝴蝶也失去了缘分，再没拍到感兴趣的蝴蝶，唯一值得一提的是，拍到过一条虎斑颈槽蛇。蛇喜欢在农家乐周边出现，因为有它们喜欢的食物家鼠。

再来到黛湖，已经是 2020 年深秋，恰逢缙云诗会，我和诗友在黛湖边散步，发现那些碍眼的农家乐都不见了，湖水清澈，仿佛一下子回到了十年前在黛湖边初次徒步的情景。当晚住在缙云山下，一时兴起，给黛湖写了首诗，还立誓等到季节许可时，再次徒步黛湖区域，看看我喜欢的蝴蝶是否已经回来。

黛湖

只有怀抱湖水的人

才能看到真正的黛湖

他看到的湖更小

小的就像另一个湖的入口

小得像一个纽扣

把此刻景致、万古山河扣在一起

这一边是短暂的我们

另一边是永恒的宇宙

正是因为这种不对称的美

我们存续至今

渺小的我们，熟睡中
也不会放下紧紧抱着的湖

任凭桃花水母，代替我们
往返于两个世界

2020.11.6

七月，盛夏的一天，我终于开始了新一轮的黛湖徒步。

第一天，我以翠云湖为起点，穿过曾经的农家乐，再一路北上深入密林。这是我曾经计划多次的线路，可以在阔叶林和耕地间反复往来，可惜被农家乐圈地后难以通行。现在，那一带已经清爽了，只有山林，只有干净的林间小道。

刚走几百米，在被拆除建筑后留下的空地上，我就看到了三三两两的蝴蝶在那里起起落落，我仔细观察了一下，其中的灰蝶似乎是没有记录过的，为了节约时间，我放弃了其他蝴蝶，一路跟踪飞个不停的它。它在草叶尖上稍作停留时，我得到机会，飞快地按下了快门。这是一只东亚燕灰蝶。燕灰蝶属的种类后翅上都有纤小的燕尾，它们随风在空中不停晃动，非常可爱。

我继续穿行，穿过了房车营地，再往上踏上一条荒芜的小道。左边是森林，右边是花农的苗圃，我刚好走到它们的分界线上，这样的环境，是眼蝶最喜欢的。此时是下午蝴蝶乱飞的时间，眼蝶十分活跃，难以接近，只能一饱眼福。我看到一种矍眼蝶、一种暮眼蝶和两种黛眼蝶。

天气炎热，我的 T 恤很快湿透，但每走几步就有蝴蝶飞起，加上山风阵阵，只觉得步履轻快，十分舒服。

突然，头上的树枝一阵乱响，我吓了一跳，抬头一看，原来是两只嬉戏打闹的松鼠在细枝上往来扑腾，全然没有失足掉下的担忧。这时，我又听到身后有轻微的动静，回头一看，不觉呆住了，一丛灌木上还立着一只松鼠，这不奇怪，奇怪的是它正啃食着一只竹蝗。

你不是吃坚果的吗？还抓虫吃啊。我心里暗自发问，呆了一下，这才想起什么，赶紧举起相机。

来不及了——它已经极轻蔑地转过身去，用屁股对着我，还示威性地晃了晃大尾巴。在我按下快门前，它就跳走了。

错失松鼠抓竹蝗吃的照片，我站在原地懊恼了一阵儿，才继续往前走。我很快就明白，松鼠为什么能抓到竹蝗了。这里的竹蝗太多太多，被我脚步惊动，成群飞起又落下，居然能发出类似海浪拍沙滩的哗哗声。

就这样，我不知不觉走了 3 千米左右，来到了这座山的垭口附近，视线里已经依稀看到下面半山的民宅。

第二天的徒步就更轻松了，我仍是以翠云湖为起点，先往下去绍龙观折返，再往上去黛湖环游一圈，完整地看到了整改后的黛湖区域的新面貌——还是如此干干净净的湖水，才配得上缙云山啊，虽然有失最初的野气，但是颜值似乎更高，更能吸引北碚市民来环湖散步。

湖边种了很多花卉，引来蜂蝶逗留。正午的时候，湖边就我一个人，可以不慌不忙，从容拍摄。差不多花了半小时，我就非常轻松地拍到了虎斑蝶和斐豹蛱蝶。花丛中，还有几只小豆长喙天蛾在活动，它们的拿手好戏是悬停着采蜜，其轻盈程度不亚于美洲的蜂鸟。

二

缙云山的西坡舒缓，自然保护区内的阔叶林和山民世代耕种的坡地在半山犬牙交错，形成了蝴蝶喜爱的走廊，也特别适合观察其他昆虫。

我们在西坡有过好几次收获颇丰的考察，白天，我们会选一条线路徒步，沿途记录有意思的物种，晚上再到冬瓜、雨田等农家乐灯诱，观察有趋光性的昆虫，或拿着手电深入灌木丛林，享受美妙的精灵之夜。

五月，其他高海拔的山地尚在早春里，最高海拔 1000 米左右的缙云山已渐入佳境。这是此山最美妙的徒步时段，蚊虫少，野花多，各种昆虫粉墨登场。

这个季节，我们一度最喜欢的徒步线路，是沿微波站通往

小豆长喙天蛾

长喙天蛾常被人误认为是蜂鸟，因为它们常在花间悬停。

有一次，我们驾车去重庆的武陵山森林公园外拍，找了一个小山谷，步行进去。没走几步，前面出现一个斜斜的山坡，坡底是雨水形成的临时溪流，哗哗作响。走在前面的人，突然压低了声音，兴奋地做着手势。我赶紧加快脚步，天哪，太美妙了，坡的下半部是连成一片的臭牡丹，几十只小豆长喙天蛾盘旋在它们之上，相当壮观。

缙云新村方向的林间小道，然后看物种丰富程度和天气选择折返点。在缙云山也尝试过其他徒步线路，多是登山道，走着走着就进入密林深处，蝴蝶在树冠之上飞着，而我们只能在树根附近仰头看看，望洋兴叹。这条步道就不一样了，它会途经很多林间空地——正是精灵们最喜欢光顾的舞台。

也尝试过更早的月份进入这个区域，如在四月上旬，想的是兼顾早春蝴蝶和野花。有一天春光明媚，我在这条步道上往返走了三个小时，只在山莓的白花上看到食蚜蝇和蜜蜂，但一点没感觉到失落。因为春天的山林有焕然一新的美，树林和灌木都是旧叶犹在、新芽已出，整个周遭充满了这样的微弱而又无边无际的喜悦。我走着，被这种万物共同的喜悦感染着——在这样的季节里，每个生命深处都有一种盘旋而上的力量，而当我们走在旷野中时，最能切切实实地感受到。

像是为了奖励我的喜悦，这天徒步的尾声，我在草叶上看到一只陌生的金龟子——它全身泛着金属色，身披绒毛，小盾片像一个舌头向后伸出。这是我第一次遇到绒毛金龟科物种，这个家族的种类都身体狭长，似乎比金龟科的更有灵气。这天吃完饭，我和同伴会合后，又在农家院外的落叶堆上，发现了中国虎甲，大家不由得一阵欢呼。

这过程，有点像前一晚我们在冬瓜农家乐的灯诱，那是一次山中早春里的寂寞灯诱，灯下的白布保持着干干净净，空无一物。直到午夜时分，我们聊完了天，打着呵欠准备睡觉了，突然，一只锈红色的大蛾从天而降，在院内翻滚扑腾。等它安静下来，同行的昆虫学家张巍巍认出是钩翅天蚕蛾，它的前翅顶角下弯如钩，所以得了这个名字。

一个多月后，同一个地方灯诱，景象已完全不同。

为昆虫点的灯光，射向山崖和山下，就像铺好了无数透明的轨道，各种蛾子、甲虫沿着轨道从四面八方蜂拥而至，我们各自拿着闪光灯，忙个不停，人人都处在有点手忙脚乱的欢乐状态里。

其间，我们还打着手电，沿着山道完成了40多分钟的夜探，那也是一次惊喜不断的夜探，差不多就在200米的步道两侧，光彩夺目的昆虫明星一个接一个被手电的光发现，引起此起彼伏的小声惊叹。

那一晚，我的状态和运气都特别好，拍到了停在草叶尖的褐蛉、刚刚羽化的沫蝉和倒挂在草茎上的绿鳞象甲，连藏得很好的晨星蛾蜡蝉和角蝉也被我发现了。

回到灯诱点，我们继续工作到午夜。我最后拍到的是一只不起眼的蛾子，但它在微距镜头下真的非常奇特：翅膀就像孔雀的尾羽一样，由扇形排列的一根根羽毛构成，只是缺少了那炫目的眼斑。后来我们知道了它的名字，孔雀翼蛾，翼蛾科的种类，也叫多羽蛾。

第二天的徒步，我们没有晚上那么忙碌，但引发我们围观和讨论的物种还是不少，我印象最深的，是在一种小型竹类上

【绿鳞象甲】

在野外，经常可以看到象甲家族的成员，它们有着各式各样的"长鼻子"，也有着差不多相同的习性——一旦惊动，就装死，收缩成一团从树枝上或草叶上滚落地上。

但是海南岛的粉绿象甲，有一点例外，它们不是很爱假死。

我在三亚的西岛，发现了一群粉绿象甲，也许是群居生活的原因，根本不爱装死，我捉住一只，放掌心，它努力翻过身来，就毫不畏惧地在我手上爬来爬去，让我很有点意外。

重庆南山的绿鳞象甲，比粉绿象甲小得多，形状很相似。但它们爱装死，感觉是更典型的象甲家族的作派。

拍到呆萌可爱的竹笋三星象，和我们见过多次的大竹象不一样，它的体色更浅，前胸背板上整齐地分布着戒疤样的三个黑点。我看到它时，它正用前足紧紧地抱着竹笋，把尖尖的喙深深地插进去。我的脚步惊动了它，它赶紧把喙退出来，保持一动不动，过了一会儿，似乎觉得没什么危险，又再次插了进去。大竹象可是超级警觉的，一旦惊动，立即弹开鞘翅，扑腾着飞走，哪里会像这货，只顾开心地钻个不停。

可能是受了它的感染吧，拍完竹笋三星象，我也收起了相机，山莓刚熟，酸甜可口，我采了很大一把，边走边吃，十分惬意。

七月八月，再来缙云山西坡一侧，我们会放弃之前迷恋的步道，选择山腰的缙云村黄焰沟至大屋基一线徒步。这样选择有两个原因，一是林中步道蚊子极多，特别是经过竹林的时候；二是夏季最适合拍蝶，而更宽阔的山腰土路比林中空地接触蝴蝶的机会更多。

这条路一直通向缙云山核心区，一般规律是越接近核心区，物种越丰富，但几次徒步给我们的印象并不是这样。除了蝴蝶丰富之外，其他的昆虫多为农耕区常见物种，比如，这条路上我拍到过红袖蜡蝉，这是昆虫迷都很喜欢的明星昆虫，但它实际上总是在玉米地里出现的。

和当地山民聊天，我们才慢慢知道，不止是黄焰沟居民多，核心区里的大屋基也住着不少人家。他们世世代代居住于此，

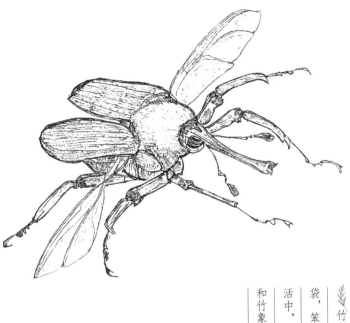

【竹象】

竹象，因为体形硕大，特征明显，长长的鼻子，小小的脑袋，笨拙的坚硬身子，深受孩子们喜欢。在乡村孩子的童年生活中，金龟子、蜻蜓、竹象可以被称为最受宠爱的三种昆虫。和竹象比起来，前两者的有趣程度，几乎可以忽略不计。

习惯了里面的艰苦生活，不愿搬到山外生活。

近两年，听说缙云山在全面整改，包括黄焰沟至大屋基在内的自然保护区核心区和缓冲区，总共有200多户已全部迁出，心里产生了强烈的想重走黄焰沟的冲动。

七月的一天，烈日炎炎，我们一行人出现在了缙云村黄焰沟。下车后，我一边东张西望，一边急急往前走，眼前的景象让我相当震撼。黄焰沟的居民点缩水不小，以前村民屋旁的核桃树，孤零零地立于苗圃里，房屋已经不见了踪影。顺着公路，可以看到两边的树林，不时露出一个方框形的空地，那是人类撤退后拱手归还给自然的，看上去自然还没完全接手。

只有蝴蝶一如既往地多，甚至比以前更多，只走了百余米，我就观察到七八种蝴蝶：一只黑边裙弄蝶停在路边的竹子上，一只琉璃蛱蝶在残存的砖块上寻找矿物质，接骨草的花朵上则有蓝凤蝶、碧凤蝶在飞个不停。

没有任何宣言，蝴蝶很自然地接管了房屋消失后的空旷山坡。但大自然将如何整体接管并运作200多户人家离去后留下的空白，还真是值得长期跟踪和观察的题材，相信是一篇很有意思的文章，不过，需要我们足够的耐心。

我们随后又去参观了山下的移民新村，那是一个令人羡慕的背靠莽莽丛林的双拼别墅区，山民们两家一幢，各自组合，他们将慢慢适应全新的生活。我记得以前上缙云山，最有吸引力的就是去山民家里搭伙，吃他们刚采摘的竹笋，听镇干部的介绍，移民新村会有系列的旅游小镇开发规划，说不定会有以竹笋为特色的山珍馆。那时，再要吃竹笋，可能就非常方便，当然，也可能没有当初那种山野氛围了。

<h1 style="text-align:center">三</h1>

东坡陡峭，最有代表性的是微波站上行不远处的舍身崖，置身于万丈悬崖之上，北碚的部分城区像浓缩的地图尽在眼底，上面浮云阵阵。

每次走过舍身崖，都会中断观察工作，在那里远眺一会儿。在万山之巅，想象下面的都市生活，别有一种滋味。我们在密密麻麻的建筑群的小格子里，有时麻木，有时忘情，有时挣扎，有时奋斗，眼前似乎就是一切，就是全部世界。但当我们能抽身而出，来到这距离不过 10 千米的山上，那些小格子不过是模糊的斑点，我们能看到包围着小格子的高山峡谷、万丈蓝天。

这或许是徒步缙云山的另一种收获？它准备了舍身崖，不是让你舍身，而是让你变得更辽阔。

从微波站出发，经舍身崖，往缙云后山去的山道，是我们徒步此山多年后的选择，称得上是自然观察爱好者的必走线路。

这条线路，我第一次走是 2000 年 10 月，9:30 从微波站出发，经舍身崖、阳龙山、铧头嘴下山，绕过猴子沟，再经龙家垭口，下午五点到达璧山区八塘镇附近的公路边。全程12千米左右，穿越针叶林、阔叶林、竹林等完全不同的林地，再穿过野生灌木与果园、农地混杂的过渡区，海拔落差400多米。

这是一次印象深刻的徒步，丰富的物种、变化万千的森林景观给我带来的喜悦，远远超过了远足的辛苦。从某种程度上来说，正是几次类似的徒步带来的精神享受，让我开始了20多年的丛林徒步生活。

我和伙伴们，多次走这条线路，由于不再以穿越为目的，更看重沿途的物种观察，我们一次徒步的往返行程，很少超过5千米，特别是明星物种频现的时候，我们可能在几百米的距离，就会用掉半天时间。

我印象最深的是和蜘蛛分类学家张志升在五月的一次徒步。

和不同领域的动植物分类学家一起野外考察，总能解锁一个全新的世界，即使是你非常熟悉的区域。那次，和志升一起漫步在缙云山，就是这个感觉。

我们刚下车，没走几步，他就蹲在路边不动了。我站在他的身后，低头看了又看，啥也没看见。

"这应该是个好东西，暗蛛科的。"张志升淡定地说，听不到任何兴奋。顺着他手指的方向，我在青苔的缝隙里，发现了一只个头很小的蜘蛛，躲在破鱼网似的蛛丝下面。

"这是雄性的。"他补充说道。

"蜘蛛怎么分辨雌雄？"我好奇地问。

"简单，雄性有一对交配器！"张志升笑着说。

我再次低头，果然看见这只蜘蛛的头部有一对拳击手套似的交配器。蜘蛛的交配和其他动物区别很大，雄性会先把精子抽取到交配器中，然后寻找合适的机会，冒着生命危险冲向雌性，我后来多次观察到这个奇特的瞬间，雄性不像是举着拳击手套，而像是举着体外除颤器的医生勇敢地冲向急需救助的心脏病人。

把他挽留在路边的蜘蛛，是暗蛛科胎拉蛛属的朱氏胎拉蛛，模式产地正是缙云山。

"这破网能抓到猎物？"我伸出手指轻轻地触了一下蛛网，那网立即就黏在手指上，并随着我收回手指的动作扯起来一大团，黏性居然这么强，我吃了一惊。

随后，我跟着张志升，又观察了十几种蜘蛛。有些蜘蛛，如果不是他讲解，根本就发现不了。

在潮湿的坡地上，有一些不显眼的圆圈，仔细看就会发现，这些和周边泥土同色的圆圈其实是盖子，下面竟然是蜘蛛的巢穴。

张志升用一根小棍，非常小心地把盖子掀开，果然，一个暴躁的家伙扑了出来，可能发现目标实在太过庞大，立即又缩了回去，那敏捷的回缩，不亚于寄居蟹回到贝壳里的娴熟。

不等它回缩结束，张志升的镊子同样敏捷地追了进去，一只肥胖的黑色蜘蛛被掏了出来。

"咦，这一种还没见过呢。"他脸上有一种很谨慎的欢喜。

就这样，我目睹了一个新物种发现的最初现场。这种蜘蛛后来得名缙云山宋蛛，已被相关研究人员确定为新种。

我们继续往舍身崖方向走，那一天，缙云山把这条步道慷慨地变成了无边际的昆虫博物馆，我完全无法跟着张志升去观察蜘蛛了。

就在一处灌木杂草混杂区域，不到两平方米的地方，我先后发现了假装成甲虫的蝇类甲蝇、真正的甲虫——长角象和露尾甲，这三个物种都有着奇特的身体结构：甲蝇有着类似甲虫的鞘翅，长角象有着比一般象甲长出很多的触角，露尾甲的鞘翅简直就像人类的马甲了，它腹部的末端因此尴尬地露了出来。

过了一会儿，我在树干上发现了一只非常鲜艳的郭公虫，立即兴奋地拍了起来。远处，传来了张志升的喊声，听上去，不像他平时的淡定。

我过去一看，在他身边，灌木上立着一只气质非凡的甲虫，它头顶一对鹿角，夸张的长足正高高地向天空举起，仿佛在祈祷。

这不是黄粉鹿角花金龟吗，我们多次在缙云山发现这种甲虫，但都是死后掉在地上的，见到活的还真是第一次。

我顾不上说话，蹲下身子就开始拍。

"不止一只，很多。"志升在旁边笑着说。

拍完一组，我抬头环顾四周，这才惊呆了，原来不是一只，

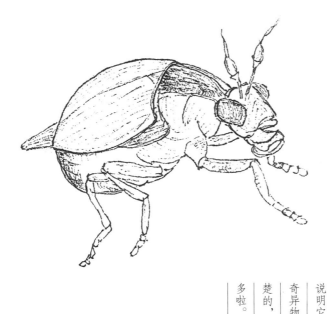

【甲蝇】

甲蝇，它有着甲虫的背板，但它的头型和口器，又明明确确说明它是属于蝇类。因为爱好生态摄影，甲蝇是我一直感兴趣的奇异物种，在全国各地多次发现，但好动的它们是很难让你看清楚的，拍到它们清晰的特写照更是困难。而画下它相对就容易多啦。

而是数十只，它们占据了附近灌木的高处，多数安静不动，少数却急躁地爬来爬去。

再仔细看，原来安静不动的，是一些正在交配的，雌性紧紧抓住灌木，只把前足举起，雄性则在它的背上炫耀般地同步展开了长长的前足。

这姿势很熟悉啊，这不正是电影《泰坦尼克号》杰克和露丝在船头上所做的飞翔动作吗！

"今天是什么日子啊？"我突然问道。

"5 月 20 日。"张志升答道。

它们还真会选日子！

我们离开步道，走进附近的竹林，发现整个竹林上空，有着更多的黄粉鹿角花金龟。张志升抬脚踹了其中的一根，立即下了一场甲虫雨，数十只金龟子从天上摔落，多数在空中即飞起，少数反应慢的，直接笨重地落进草丛，场面极为壮观。

"元胜，你来看，这一只是不是搞错了对象。下面好像是别的种类。"张志升指着一只鹿角花金龟说。

我凑过去一看，乐了。原来，不只是下面那只是别的种类，上面也是——一对宽带鹿角花龟混入了集体婚礼的现场，下面的雌性全身黑色，没有鹿角，看上去像甲虫。

两种鹿角花金龟，都选择了这个好日子完成交配。同一天，在附近我还拍到了一对白斑妩灰蝶的交配。

秋天的时候，我重走这条步道，这一带早已不复五月的盛大场面。

　　整整一天，我都在追踪蝴蝶，因为没有别的昆虫可拍。蝴蝶还不少，只是很难接近，秋天的蝴蝶好像警惕性格外高。最终，我拍到其中的连纹黛眼蝶和稻眉眼蝶，前者我还是第一次在野外见到。

　　野外考察的经验之一，是实在找不到拍摄目标时，可以搬石头，撬朽木。那天，除了拍摄蝴蝶，我们就在闷头干这个。

　　在一棵树的树皮下，我们发现了一对广东肥角锹甲，这是在重庆不容易见到的种类。当缙云山吝啬起来的时候，我们不这样讨债似的坚持敲敲打打，它是断不肯献上任何宝贝的。

漫步梦幻之林

一

虽然有思想准备，在进入苏湖国有林区的时候，我还是被彻底震撼了：就在距勐海县城只有半小时车程的地方，经过帕宫村，不一会儿就进入了由参天古树组成的浩翰森林。

此时，正是黄昏，夕阳给远方的山峦刷上了一层黄金，而我们身处的地方，只有寥寥几组穿过密集树叶的阳光，像斜倚着大树的梯子，暮色已开始填充整个树林，一切美丽又寂寥，像一个空荡荡的剧场，像演出中间那种短暂的安静，真的，这里的树都历经曲折，它们伤痕累累的树干、优雅如舞蹈的树枝都好像充满了故事。

我迫不及待地换上轻便的背包，从苏湖管护所走出来，我从来没有这么急切地想要融入这片意外的美景中去。我走着，头顶交替出现着两种天空：蓝天白云的天空和天鹅绒般的枝叶天空。

在曼稿自然保护区缓冲区，我看到的森林是充满生机万物竞发的次生林，那是一个林木的拥挤会场，它们面对着面、背贴着背，就一点点缝隙，还长满了各种藤本植物，我要在它们中找到一条小道走进去并不容易。而这里低头沉思着的，则是历经沧桑之后，数百年自然淘汰中的胜利者。它们每一棵都堪称一座生命的纪念碑，每一棵都拥有近乎奢侈的空间。那些昔日的竞争者早已消逝，成为它足下土地的一部分，失败者的退场，使森林变得疏朗，这些大树尽最大可能地舒展着它们巨大的树冠。但是这些独自拥有天空的大树，并不吝啬，它们的树干为无数弱小的植物提供了舞台。有些树简直就是一个微型的植物园，在一棵树干上，从高级的被子植物到原始的苔藓植物竟多达 30 多种。这些寄生的、附生的或者只是缠绕而上的藤本植物，让大树看上去飘飘若有仙气。

正在发呆，苏湖管护站的站长老王陪着老佐、老赵已经走出来了，要带我们去逛逛。管护站是一个空旷的大院子，有围墙，如果要进行灯诱，为了避雨，只好挂在车棚里。我推敲了一下，灯本来就挂在棚下，还有围墙挡光，感觉不算非常好的地方，也想到处看看，有没有别的更好的灯诱点。

我们沿着林间大道往前走，看到的东西和刚才又截然不同。我刚才是一直仰着脸一棵一棵地看大树，或者在大树的间隙里看夕照下的远山。这一次，在老王的提醒下，我们又低头看看林荫下的草丛或乱石，这一看，也不得了，还没走上百米，已经看到几十种蘑菇，对我来说，绝大多数是没见过的。

老王指给我们看，能吃的有肥硕的、颜色多变的奶浆菌，有丑丑的黑喇叭菌，有成堆的扫把菌。比这三种菌好看的菌太多了：有的举着深红色小伞，茎如铁丝；有的浅白色，似乎是半透明的，像海里的水母；也有的身材高挑，白伞，茎上还有蕾丝样的裙边……要是时间够，我真想用一个整天，慢慢拍这个美丽、神秘的大家族。

不一会儿，我们向右拐进一条支路，老王叮嘱我们马上进入危险地带，千万不要离开道路，否则后果严重。原来，这是一个胡蜂养殖基地，我往左右一看，林下全是小棚，每个棚里都挂着一个篮球大小的蜂巢，再仔细看，蜂巢有蜂进进出出，都很活跃。受惊扰的胡蜂，攻击力是惊人的，何况这里足足有上百个蜂巢。本来依我的习惯，看见蜂巢一定要凑近拍几张的，也只好忍了，只远远地拍了几张蜂巢和小棚的照片。蜂巢密布的地方，可能路人都不敢靠近，这一带的树上都长满了各种石斛，而且有的正在开花，本来也想靠近观赏一番，也一并忍了。

晚饭前，我就把灯挂好了。虽然灯光被车棚的顶棚和大院的围墙遮住，但管护站位于山梁上，更有几个高高的冷光源的路灯。我的灯泡是暖光源，对绝大多数昆虫来说，暖光源更有吸引力。这些高高的路灯，可以诱来昆虫，而其中的多数会转投我的灯下，这样一想，不由暗喜。

晚上七点多时，天色仍未完全暗下来。我干脆提着相机，独自走了出去，用手电筒看看林子里有些什么动静。这一看，看出了这片林子的特点了。为了让大树有更好的生存环境，这里进行了我从未见过的森林保养，大树的病枝全部锯了，林下的灌木也被清理，只剩下草丛。我的工作遭遇到意外的困难，因为灌木是连接树冠和草丛的重要过渡地带，特别是位置好的灌木，容易成为树冠昆虫的临时落脚点。失去重要的过渡地带后，这里的昆虫观察就有点尴尬了，草丛里的多为常见昆虫，而树冠上的又够不着。还好有灯诱，在几乎没有灯光的林区里，管护站的灯光一定会引起昆虫的注意。尽管是最不适合灯诱的雨季，我相信也能借此看看这片林区有些什么样的神奇居民。

晚上九点，一只大蛾翩翩而来，虽困于灯光，却不遗余力地围绕着我们飞个不停。待它稍稍安静，我看清楚了，原来是一只大蚕蛾，后翅有一对漂亮而醒目的眼斑，酷似猫头鹰锐利的眼睛。让远在重庆的朋友们查了一下，原来是黄猫鸮目大蚕蛾，在大蚕蛾家族中，算是比较少见的，据说全国的标本很少，雌性的更少。这个时间段来的，正是雌性，雄性要凌晨才来。我们提心吊胆地盯着这只精力过剩的雌性黄猫鸮目大蚕蛾，怕它东游西晃一阵儿干脆飞走了，怕它扑腾得太厉害，把自己的翅膀弄残。半小时后，它才安静下来，停在了灯光旁的树桩上。其实，还不能说是真正的安静，它优美的翅膀仍旧在战栗着，仿佛感觉到了陌生的危险。

就在这个时候，又一只黄猫鸮目大蚕蛾飞来，接着一只又一只，有整整五只。在苏湖林区，这个珍稀大蚕蛾，竟能一下子来五只，真是给了我一个下马威啊。除了大蚕蛾，其他蛾类也来了很多，很多都耐看，其中的鬼脸天蛾，一直深受昆虫爱好者关注。

十点之后，甲虫开始出现。我先注意到的是一只硕大的雄性中华奥锹，这可是大名鼎鼎的观赏甲虫，同时，也进了"三有名录"（国家保护的有益的或者有重要经济、科学研究价值的陆生野生动物名录，由国务院野生动物行政主管部门制定并公布）。中华奥锹雄性多型，除鞘翅外缘呈红色或橙红色外，全身黑色，看起来非常酷。

然后，飞来了一个罕见的甲虫，雌性的三栉牛。三栉牛科昆虫我国只有两属五种，它们有着强大的前钳，很容易被误认为天牛。传说中，三栉牛都是暴脾气，这只雌性也不例外，只见它怒气冲冲地在地上左冲右突，一言不合就振翅起飞，碰到什么就把一对大钳戳过去。后来，我的朋友鉴定为威氏王三栉牛，也就是甲虫爱好者戏称的"云南王"，既为它的雌性，应该称为"云南王后"吧。

按照我的申请，管护站同意了我和老赵第二天起参加护林员的日常巡山。巡山是不考虑天气的，风雨无阻，为安全起见，护林员并不单独行动，他们会组成小组，每天以不同的线路在茫茫林海里穿行。由于惯在山里行走，我并不担心自己的体力，

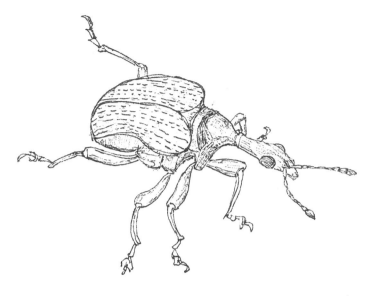

【外星文字】

对于甲虫背板上的刻点，平时还真没有注意过。

有一次在野外灯诱，也照例吸引了一些游客围观。有个小男孩跑过来，指着我手上的甲虫问，它背上刻的是什么？

我问，你看见了什么？

他说，像我们写的作业，一行一行的。

作业……那一定是地球人暂时不懂的文字写的吧。

只担心护林员走得快，而我习惯慢慢观察，这样会跟不上他们的速度。

早上起来，天色有点灰暗，感觉附近已经在下雨了，吹过来的风湿漉漉的，仿佛空中挂满了小水珠，但因为很小，并不至于坠落，而是随风飘来飘去。我想了一个主意，笨鸟先飞，不对，应该是慢鸟先飞。

在仔细问清楚线路后，我和老赵先行出发了。这样的时间差，可以让我们的慢行稍微从容点。走了两百米，发现和我前一天晚上的观察一模一样，树林都经过了清理，几无灌木的存在，看不到什么有趣的昆虫。

我们缓缓走着，雨雾中的林子，美得让人心生欢喜。一条土路领着我们蜿蜒向前，两边的树各有优美姿态，但有一点是统一的，就是它们都长满了各种附生植物，像穿上了风格不同的蓑衣。在一个空旷的地方，我们停了下来，这里，碗口粗的血藤凌空纵横，像有一个隐身的武林高手，把无数巨藤掷向四面八方。我见过独木成林，还真没见过如此壮观的独藤成林。

老赵看上去比我还喜欢林子，好多树他都要走近欣赏，有时还捡起它们的落叶或种子细细观察。他一边走一边感叹，兰花太多了，石斛太多了。兰科植物中，我最熟悉也最喜欢的是石斛，家里也种了十来个种类，视为宝贝日日呵护。但苏湖林区的石斛，举目皆是。连落在地上的枯枝，上面都还有活得好好的石斛。

　　这时，两位女护林员和一个男护林员王长生组成的小组追上了我们。一边走，一边观察，我发现其实他们的行进，远比我想象的缓慢。因为他们并不专心走路，而是东张西望，发现有什么情况就会走过去观察，林子里的树虽然多，他们却熟悉得像家人，哪棵树上有什么藤，哪棵树空心了，一清二楚。

　　我不失时机地，一路向他们打听蘑菇的名字，一边用相机作记录。女护林员，都是中年人，一位傣族，一位汉族。傣族的叫玉拉远，只是微笑，话很少。汉族的叫姚云湘，性格活泼，一肚子有趣的话。昨晚，还在灯诱的时候，她就好奇地围观了很久，不时抓了我们不感兴趣的虫子说要去喂鸡，语气像是要去喂喜欢得不得了的宠物。

　　问着问着，发现一个问题。好多蘑菇，姚云湘都说的一个名字：脚蹬菌。刚开始，我还以为是一大类菌的名字。后来，发现一种马勃以及还有一种叫辣菌的，她也称为脚蹬菌。我们便要求她详细讲一下脚蹬菌的范围。她停下脚步，提起脚在空中蹬了一下，然后还配合着翻了一下白眼，说："吃了它们，脚一蹬就死了，所以叫脚蹬菌。"

　　只好换话题。我找机会聊他们的日常巡山，这才发现，他们的装备还很现代化。每人有一台定位手机，林业系统可以随时查到每个护林员的具体位置，而且巡山时间什么的，都有准确的记录。一方面保障了护林员的安全，另一方面，谁想在时间、线路上偷个懒也是不行的。

这一路上虽然其他昆虫少，眼蝶倒是挺多的，我记录了好几种。有一只眼蝶，看上去非常特别，没有一般的眼圈，只有中间的黑点。我印象中从未见过这种眼蝶，立即兴奋起来，小心地靠近，费尽力气，双肘沾满了泥土，才拍得一组照片。后来，一个蝴蝶分类专家告诉我，它就是矍眼蝶，因为太旧，黑眼圈没了。旧得丢掉了黑眼圈，翅膀却完好如初，它的一生还真是顺利平安，明显没有遇到什么波折。

中午十二点，我们走到了折返点。他们讨论了一下，按计划是要去看几棵他们关注的树，但是又担心那条路我们行走困难。我和老赵马上表态，说没问题，不会成为累赘。于是，我们放弃了大路，拐进了树林。

果然，离开大路后，行进就非常艰难了，这是一个很陡的下坡，几乎无路，草上踩着很滑，每一步都得十分小心。在一棵大树前，他们停下，围着它仔细观察，我才浑身是汗地跟了上来。这棵树足足有 30 米高，比周围的树高出一截，但是它的下半部分只剩下了三分之一的树皮，而且有一个大黑窟窿。护林员说它实际上已经被掏空了，全靠剩下的部分在强撑着。他们评估完后，脸色凝重，这棵树看来还是需要砍掉了，他们关注它已经多年，现在它已无回天之力了。

我们继续前进。为安全起见，我收起了相机，专心对付这段山路。最后出林子的时候，是一个约三人高的悬崖，好在有很多结实修长的灌木，可以作为天然的绳降的材料，我们保持距离，一个一个地抓紧灌木，慢慢把自己放下去。这个过程中，我们只顾着互相帮助，我插在背包里的伞掉了出来，都没有人发现。

大约两点，我们回到了管护站，结束了当天的巡山工作。虽然腿有点累了，但仍感觉不太过瘾，苏湖林区的树林实在太丰富、太美妙了，半日之行，算不上饱览。

黄昏前，老赵休息好了，我也洗完了衣服——趁着烈日的下午，我们忍不住又往林子里走。这次，老赵挑的是视野开阔的一条路，走着走着，发现我们来到了山脊的一侧，左为深涧，右为密林。

其实，山坡从山脊急急下到山涧，再缓缓升起，形成又一个山峦，在这个壮观的起伏过程中，森林从未缺席，它们也在随着坡度下降、升起地起伏着。夕阳下，有落差、有起伏的林象层次分明，小点的树缩在一起变成油画中模糊的色块，直立的大树显露挺拔的身形，夕阳斜斜的，逆光看过去，占得好位置的树木都被勾出了金边。隔着几层这样的山峦，远远的岚影里，浮现出建筑和街道，那里就是勐海县城了。

一边看风景，一边欣赏着身边大树上的各种兰科植物，我们走得轻松而愉快。在一棵树上，我发现有一株藤本植物，似有星星点点的花，跑过去仰着脸一看，不由惊喜地叫了起来：野生的球兰！球兰是萝藦科球兰属植物，是近年来园艺爱好者偏爱的新宠，其花如球，精致剔透。野外发现球兰的报告极少，我感觉自己太幸运了。它虽然没有家里种的球兰那么肥嫩，甚至花也没有形成球形，但在这山崖边的树上，斜伸出几枝，无限自在又占尽风光，别有一种骄傲的美。

少有的晴朗的一天，对晚上的灯诱是极大的利好。回到管护站后，我又把这个利好给大家分析了一下。于是，从八点起，大家都围着我的挂灯和白布，都兴奋地想看看能来些什么奇异之虫。一分钟、五分钟、十分钟……时间在不慌不忙地流逝，白布上什么也没有，空荡荡的，比多雨的昨天还寂寞多了。围着的人慢慢散去，九点过后，只剩下了我和老赵。不知道是怎么回事，我仍然信心十足，我对老赵说，不要看啥也没来，但是说不定就会出现戏剧性的场面。老赵点头表示赞同，然后就默默地回房间了。

空空的院里坐着，除了虫鸣，就只听得到摩托车从院外驰过，轰的一声由远而近，再轰的一声由近而远。突然，我听到了由远而近的轰鸣声，但是奇怪的是，这一声是擦着我的耳畔飞过去的。我站了起来，这不是摩托吧，与此同时，一个沉闷的摔落声，从离我不远处的地面传来。我坐着的地方有点逆光，眯着眼一看，一只大甲虫仰面朝天地躺在地上，一动不动。凑过去一看，只见它的前足竟然像两根长柄镰刀，远远地向前伸出，心跳立即就有点加速了。在我的记忆里，有这样夸张前足的甲虫，再结合整个身体长度来看，全中国只有两个种：阳彩臂金龟、格彩臂金龟。臂金龟属的另外五个种都要小一号了。

我尽量镇定地把它小心地翻过来，它鞘翅上那神秘的黄褐色斑点立即进入我的眼帘，没悬念了，这是一只格彩臂金龟。

到勐海县的第一天，我就请老佐带我去了县林业局，查询了局里的部分生物多样性及林业害虫的调查资料，当时，在一份 2016 年调查报告的甲虫名录里看到了格彩臂金龟，不禁小声地惊呼了一声。格彩臂金龟在我国境内主要分布在云南西南部，广西、甘肃、四川也有极零星的发现，位于云南南部的西双版纳应该是有分布的，但我一直没有查到具体的报告。勐海县既然有，我在这里会有数十个工作日的调查，会不会在灯诱中偶遇呢，我立即摇了摇头——格彩臂金龟实在太稀少了，我怎么会有这么好的运气。

多年来，格彩臂金龟一直是全球昆虫收藏家一个分量很重的收藏目标，它体型巨大，长臂飘逸，色彩艳丽，观赏价值极高。由于种群数下降得厉害，早就被定为国家二级保护动物。格彩臂金龟幼虫藏身于腐木中，羽化后并不急于出来，而是待在原地蛰伏一个月，才出来寻找交配机会，雄虫的一对大镰刀，并非掠食所用（它们饿了会食用树汁），而是交配时锁定雌虫用的。当然，这结合了力量和美感的前足，也是吸引异性的利器。

现在，巨大的格彩臂金龟就在我的手里，这梦幻般的时刻让我大呼小叫起来，老赵和其他人都围过来，好奇地观看这只不同寻常的大甲虫。不得不说，这就是我之前描述过的极有可能出现的戏剧性场面。

苏湖林区的白天太不适合寻虫了，但是它的夜晚太适合灯诱了。我的灯诱吸引来的珍稀或观赏昆虫，可以列出一个长长的名录，但是，没有哪一只能盖过格彩臂金龟的风头。

二

为了找到雨季和旱季的交接点，我把勐海的历史天气资料研究了一遍，发现很多勐海朋友说的九月底雨季结束，其实并不准确。2011 年以来的所有十月，都是雨晴交错的，令人安慰的是，总算结束了九月之前十天连雨的盛况。按照我查到的数据，直到十一月中旬，这样的雨季和旱季的相持才算结束，阳光自此彻底占有勐海的茫茫群山。

十月的一天下午，一场短暂的阵雨之后，我和张巍巍驱车不慌不忙往苏湖林区开，在帕宫村之前，我们停车，俯视云朵下的勐海县城全景，也顺便看看这一带森林和庄稼地过渡区的物种情况。

张巍巍是从马来西亚直接飞昆明再转西双版纳来的，在我的动员下，这位著名的昆虫猎人终于同意参加我的田野调查，一半出于友情，一半出于对勐海县保存得完好的热带雨林的浓厚兴趣。

他还给自己设定了个目标，在此次考察中争取找到天使之虫——昆虫界最关注的物种之一缺翅虫。他现在已经是世界上在野外采集到缺翅虫种类最多的人，何妨再增加一两种。因为2017 年著名昆虫学家黄复生在西双版纳发现了缺翅虫，还是人类未曾知晓的新物种，把中国的缺翅虫种类增加到五种。这种缺翅虫被命名为黄氏缺翅虫。张巍巍认为西双版纳应该有着更广泛的适合缺翅虫生存的环境，勐海县很可能就在这个范围里，在这里找到黄氏缺翅虫的新分布甚至新的缺翅虫都是有可能的。

我们一前一后在乡道上走着，有时还走进林中小道，经历漫长雨季的树林里，弥漫着水气和一丝独特的气味，我把这种气味称为青苔味，其实它是潮湿的树皮、苔藓甚至腐败的落叶共同散发出的气味。

我们找到了不少昆虫，多数是我在勐海前期考察拍过的，张巍巍记录了一些。由于没有特别精彩的，我们主要是散步和聊天。聊着聊着，我发现他此行的目标又增加了两个：第二个是采集我在布朗山拍到的梅氏伪箭螳，因为他在婆罗洲虽然见到了不少箭螳，但在国内还没有见过；第三个是看看布朗山人是怎么吃五角大兜的。这三个目标，除了最后一个，前面两个我都觉得很难实现。缺翅虫要是容易找到，那为啥绝大多数昆虫学家没有在野外见过它们？至于梅氏伪箭螳，我觉得能碰上纯属侥幸，难道这样的幸运还可以再来一次？

不久，我们入住苏湖管护站。担心晚上有雨，我依旧把灯挂在车棚里面，张巍巍则忙着洗他在婆罗洲积累的脏衣服。

天快黑的时候，我开了灯，泡了壶茶，优哉游哉地看着夜空，很好奇这个季节会来些什么东西。也就是这个时候，我听见张巍巍和女护林员姚云湘在大声说着什么，他的声音听上去有点绝望。走过去一看，只见张巍巍端一盆衣服，穿着短裤和拖鞋，站在自己门外，一脸无奈。原来，他不小心把钥匙锁屋里了。

这下麻烦了，我们都住的一楼的房间，后窗有竖立的细铁棍，翻不进去。而这茫茫大山里，绝对不可能找到开锁匠的。入夜温度会迅速下降，穿着短裤的他还能站多久？没有屋里的器材和工具，他也无法工作。在场的人都有点着急了。

我突然想起，20世纪70年代的时候，我们都住平房，后窗也有这样的竖铁棍防盗。但是防不胜防，很多家仍然经常被盗，因为小偷发明了"钓鱼盗窃法"，就是用系着铁丝钩的竹竿，伸进屋去，勾走主人的衣裤。这个已经消失的技术，是不是可以拯救我们的昆虫分类学家？

姚云湘迅速找来了竹竿和铁丝，我把铁丝系好后递给张巍巍。据他回忆，钥匙就在桌上的。张巍巍不愧是昆虫猎人，眼力好，手稳，他先用竹竿拨开桌上挡视线的东西，然后很顺利地就用铁丝钩勾住了钥匙，但是，让人很不踏实的是，铁丝做成的钩比较细，钥匙在上面晃晃悠悠，让人心惊肉跳。果然，竹竿一抖，它在靠近窗口的地方落了。我们只好又找了根短棍，又照样做了个铁丝钩。几经周折，钥匙终于到了手里。在场的人都松了口气。

眉开眼笑的张巍巍提着相机，出现在灯下，此时，白布上造访的客人已经很多了。

最先引起我们注意的，是一只大小和外形接近斑衣蜡蝉的蜡蝉，头部有着鲜艳的黄色，我们都是第一次看到这个物种，拍了些照片。然后我把精力花在了拍草蛉上面，这个半透明的小祖宗平时是最不好拍摄的，老喜欢躲在树叶下面。灯光下，同样好动得令人绝望。所以，我一般会放弃拍摄它。但是，今天晚上来了一只优雅安静的草蛉，它自己停在灯旁的枯枝上，只上下左右舞动着长长的触角。为了镜头能有一个好角度够着它，我单腿跪在地上拍了很久。起来的时候，感觉已经走不动路了。过了很久，我一看到这几张照片，就会感到脚有点发麻。当然，这是后话。

夜雨不时袭来，温度降得很快，夜雨其实还算是个对灯诱有利的因素，本来安静休息的昆虫，会受惊飞起，继而飞向附近的灯光。

巍巍一边拍摄资料，一边采集标本，很满意地说："蛾子来得真不少。"的确，仅大蚕蛾就来了好几种，和雨季里灯诱来的还完全不一样。有一种大蚕蛾，是粤豹大蚕蛾的近似种，它后翅的眼斑上，眼睛像是闭着的，还有一弯白色的眉毛，粤豹大蚕蛾相同位置的眼斑就没有这个。说到眼睛闭着，还来了一只名叫闭目大蚕蛾的漂亮家伙，估计闭目是指前翅的眼斑，后翅上的"眼睛"倒是瞪得很大的。闭目大蚕蛾倒过来看的话，很像一个诡异的娃娃脸，除了眼睛，鼻子、嘴巴俱全。

这真是一个丰富的晚上，我记录了好多从未见过的蛾子。实在困了，就回房间睡会儿，再起来工作。直到凌晨，都还有些奇妙的访客。其中最有趣的有两个：一是来了只纤细的螳蛉，精致又活泼，后来确认是汉优螳蛉；一是宽铃钩蛾。后者是著名的网红昆虫，它的左右前翅上惟妙惟肖地被造化之手各画了只蝇，它们头朝下，很香甜地吃着不便表述的东西，所以被网友直接称为二蝇吃屎蛾。

早晨起来，林区里一直下着小雨。

在短暂的间隙里，我们两个出去逛了逛，发现这个季节，那些大树上的附生植物，依旧开着花。我赶紧回屋，取出我的延长杆加云台，把卡片机伸到空中去拍花，还真管用，记录了好几种植物。要是没这个东西，也只能踮着脚尖看看了。其他的时候，就只好待在房间里整理照片了。

中午，听着雨声，美美地睡了一觉。醒来的时候，雨已经停了。

我带上相机，出去走了走，发现小路也不是很湿，干脆选了一条路，径直走进去。走了几十米，身边开始出现了雾气，越往里面走，越浓。在没雾的时候，这些姿态各异的树已经够美了，但现在，它们只呈现长满兰花或别的附生着植物的树干，整个身体隐身于浓雾中。我站在一组巨藤前面，几乎就是置身于一幅奇异的画，藤干翻滚着，而充满整个空间的雾就像是它们的头发。

我继续往树林深处走，随着脚步的移动，整个画面都在发生着变化。我置身其中的，是多么美丽而又不可思议的变化，仿佛一次奇异恩典。我有一种突然而至的自信，第一次感觉到的自信。以往，当我面对大自然的绝美时，总有一丝惶恐和羞愧混合在心灵深处的震撼中，总觉得这是人类毁灭性改造地球的劫后余生的绝美。这一次，我无比相信这些谦逊而伟大的生命，和我有相同的来源，我们只是经历了不同的进化而延续至今。我们是同一本书的灿烂篇章，有时隔着高山大海，有时，在某个山谷擦肩而过。而我，终于有机会和它们同处于此刻，有机会记录它们的美好瞬间，这也是奇异恩典的一部分。

不知道走了多久之后，起风了，在丝丝凉意中，雾开始迅速消散，周围树林一点一点呈现出来，犹如镜头里的风景随着手动变焦环，从模糊变得清晰。我回到现实中，开始工作，小心地寻找树林里的有趣物种。

树林里开始有了阳光，一棵倒卧的树干上，长满了苔藓，就像一个绿色的舞台，舞台中央出现了一只圆翅锹甲。我简直不敢相信自己的眼睛，这场景，就像专门为我布置出来的，主角、舞台、背景都精心准备好了。我估计它其实是在雾中迷了路，无意中降落于此处，雾散了，它将继续自己的旅程。在它起飞前，我赶紧按下了快门。

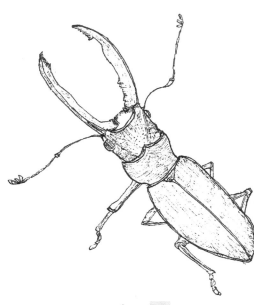

【锹甲】

锹甲一直是小男孩偏爱的甲虫，它们雄性威武的大钳子，有着不凡的气势。如果不小心被它夹住，还真是有点疼。尤其如此，便可以挑战一下自己。这样的后果并不严重的冒险，是值得一再尝试的。

锹甲很容易被灯光引诱。

如果你仔细观察一下灯下的锹甲，就会发现，它们大多数时候都气冲冲的。从它们的角度看，也似乎应该如此，本来是朝着月亮飞的，结果月亮不过是人类的灯泡，天空是硬邦邦的墙壁甚至地板。意外落到如此境地，它们的气急败坏，或者说手足无措，当然是可以理解的。

　　阳光里，我拍了不少小蘑菇。接着，在一棵树的树干上，我发现了一个奇怪的黄色的喇叭，刚开始我以为是蘑菇，凑近了仔细看，像是蜡质的，有一个喇叭口，但并无东西进出。

　　回到护林站，睡精神了的张巍巍也出来了，我给他看了看那只黄喇叭的照片，他一下子很兴奋："这是无刺蜂的巢的进出口！你看到蜂没有？"

　　我摇了摇头。

　　"可能巢被废弃了。"他有点失望。几天前，张巍巍还在婆罗洲追踪过无刺蜂，记录它们的更多生活细节。他甚至还特意给我带了点无刺蜂的蜜，据说很特别，带着一点酸味。他一直没有主动拿出来，我对酸蜂蜜兴趣不大，但对无刺蜂家族还是很好奇的，问过他不少问题。没想到，这么快我自己就在野外碰上了。

　　晚上，灯前没来什么新东西，布上就像拷贝了前一晚的情景。我们干脆拿上手电，去重走下午我走过的林间小道。

　　晚上的树林，谈不上热闹，其实比白天树干上活动的甲虫还多些，我们清点了一下，大概有四种，也不算特别。其中一只树甲还长得比较好看。

　　继续往里面走，一直走到了那个黄喇叭的位置，张巍巍仔细研究了一下，说无刺蜂巢可能还没有废弃，不过晚上不会出来，明天再来碰碰运气。另外，他发现了一些朽木，觉得也得白天来仔细查找一下，看有没有缺翅虫。

往回走的时候，我的手电筒光依旧在四下扫荡着，希望能找到什么，突然，光扫过一根树枝，我看到上面有米粒大小的东西。手电筒光在那里停住了，是一只萨瑞瓢蜡蝉，我在海南岛的尖峰岭拍到过类似的。太开心了，这还是我在勐海找到的第一只瓢蜡蝉。海南岛的尖峰岭、贵州的茂兰、西双版纳的绿石林，都是很容易发现瓢蜡蝉的地方。但是说来奇怪，在勐海，这个庞大的家族似乎隐身了。瓢蜡蝉是我很感兴趣的类群，精致得像宝石，每一个种类都经得起挑剔的观察。

连续几天的劳顿，我有点疲倦，晚上我蒙头大睡，早上在院子里碰到张巍巍，他很灰心地说，一晚上也没来什么新东西，全是前一晚相同的。我松了口气，这场好几天来的第一场蒙头大睡很值，居然没错过什么，在勐海还是很意外的。

只过了几分钟，在餐厅再碰到他时，他又变得一脸兴奋："我们漏看了一个好东西。"

"是什么？"

"就在院子中间。"

我放下碗就往院子跑，老护林员王长生也好奇跟着过来看。

院子中间，一只大蚕蛾静静地躺在地上，长长的尾突飘飘若仙，再仔细看，竟然是一只大尾大蚕蛾——我从未见过的传说中的美丽物种。大蚕蛾里，尾突长长的有三种：长尾大蚕蛾、红尾大蚕蛾和大尾大蚕蛾。大尾大蚕蛾仅在西双版纳有分布，

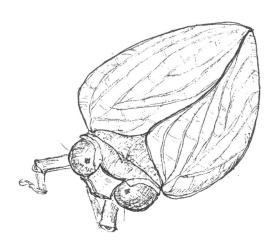

【矿瓢蜡蝉】

记得是一次野外观察，我看到一只长得很不一样的「瓢虫」，在一根细枝上一动不动，奇怪的是，它的触角像是藏起来了。有时，遇到有什么危险时，瓢虫会把头、触角都收缩在一起，一动不动。我以为它正是处在这样的状态里。蹲了下来，耐心等候它重获安全感，把触角亮出来。然而，就在我蹲下来的过程中，它直接从细枝上弹射出去了。

是的，弹射！这可不是瓢虫的传家本领啊，而是蜡蝉总科的昆虫的防身绝技。这是怎么回事呢？我困惑了很久。后来才知道，有一种很像瓢虫的昆虫，叫作瓢蜡蝉！

而且数量很少，极难遇见。一个看上去很失败的灯诱之夜，有了这个神物，可以说是瞬间逆袭了。

我和巍巍正在感叹，就听见王长生很平静地在旁边说，我从二楼扔下来的。

原来，他早上起来，看到窗外挂着这只大蚕蛾，就很厌恶地把它扔下了楼。他对蛾子可是从来没有什么好感。

同一只大蚕蛾，不同的人观感就是有这么大的差异。我们很庆幸王长生是直接扔下了楼，而不是拨到地上，再踩上一脚，像他平时那样。

收好大尾大蚕蛾后，趁着阳光灿烂，我们赶紧出门了。按计划，先去访问附近的那家胡蜂养殖户老周家，离管护站不远，我们步行一会儿便到了。

老周家独占了一个山头，饲养胡蜂的小棚，沿着小道两侧，密密麻麻，均匀分布在他家附近，每个小棚下面都有一个足球至篮球大小不等的蜂巢。他们养的胡蜂是虎头蜂，十分凶悍，所以护林员和附近的村民，不管进山还是巡山，都远远避开这个山头。

我们不敢大意，只远远地拍了几张蜂巢的照片，就回到了小路上。可能正因为无人敢来，也可能是主人有意种植，小路两边的树上密布各种石斛。即使是十月，也有金黄色的石斛开花。

老周热情地接待了我们，带我们参观他们的产业，说主要是儿子在搞。他们专门蓄养了青草，用来喂养蝗虫。果然，几个大棚里全是体形比较大的亚洲飞蝗。成虫除了可以作为美食销售外，更主要是作为虎头蜂的食物补充，因为季节不同，虎头蜂的食物来源也不一定都充足。

我突然想起，在密密麻麻的虎头蜂棚区里，还看见几个蜜蜂巢，就问老周，难道你们家的虎头蜂不攻击蜜蜂？

老周解释说，会的，虽然是同一家主人，虎头蜂才不管这个，不时去捉几只回巢交差。所以，这些蜜蜂巢，产蜜虽然不行，但也补充了虎头蜂的食物来源。

饲养虎头蜂的经济价值，主要是其蜂毒。据说含有蜂毒的药酒，治疗关节炎效果很好，所以销售不错。估计这家人的虎头蜂产品，主要还是药酒，因为我在他们家后院还看到了烤酒的全套设备。

参观了一圈，我们很感叹，他们家的产业还真是形成了一个闭环，把产品所需要的资源全掌握在自己手里了。在老周家喝了一会儿生普，茶很好喝，我们却不敢久坐，喝了几口就匆匆赶往昨天去过的树林，还有很多工作在等着我们呢。

张巍巍昨晚已经记住了几截枯木的位置，他要一处一处仔细找缺翅虫。

我想了一下，和他一起翻树皮，不如直奔那个黄喇叭，我希望能看见无刺蜂。

无刺蜂是蜜蜂科单独的一个属，无尾刺，攻击力来自它们

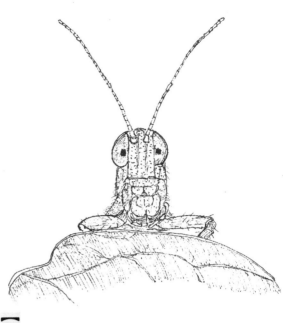

【大嘴生物】

蝗虫的口器，相当复杂，而且相对整个头部，比例也显得过大。看上去有点凶猛。

不过放心好了，蝗虫偏好素食，这么大型而复杂的口器，只是为了啃食草叶而已。

强大的口器，不过，由于它们体型太小，就是咬人也不会感到疼痛。正如张巍巍所说，有些种类的无刺蜂的蜜是酸味的，所以又叫小酸蜂。无刺蜂是热带蜜蜂，我国仅有的十多种主要分布在云南、海南和台湾。据说，如果温度低于10℃，室外的无刺蜂会直接冻僵掉到地上。

无刺蜂的蜂巢出口——黄喇叭上，依然空荡荡的，我有点失望，但并不死心，调整好相机参数，测试好闪光灯，我就静静地守着了。几分钟后，一只蜂从里面钻了出来，爬到喇叭口，扇了一会儿翅膀就飞走了。由于有准备，我的相机捕捉到了这个画面。

黄喇叭又重新安静了，又过了十来分钟，出来了三只蜂，我通过镜头看到，它们的后腿都带着半透明的黄色物质，它们并不飞走，而是用后腿在喇叭口蹭来蹭去，我困惑了一小会儿，马上反应过来了，它们这是用从巢里带出的蜂蜡在修补喇叭呢！昨天，在推敲它是不是蘑菇时，我用手轻轻捏了一下，难道造成了细小的破裂？它们正是来修补伤口的？当然，也可能保养蜂巢的出口，是个日常工作，和我的冒失全无关系。

等到张巍巍一无所获，也来到这里时，蜂巢出口一只蜂也没有了。见我拍到了，他也没有再等。我们转往下一个目标：昨天晚上他在好几棵树的树干上，发现了类似蛛网的细小网，他分析是足丝蚁。对于足丝蚁，除了在书上看见过简单描述，我从未见过。我们商量好了，留出时间来寻找这个小东西。

足丝蚁属纺足目昆虫，可以说在绝大多数人的视线之外，它们群居，共同生活在树皮缝、石头或苔藓下的穴室里，穴室附近有通道可供来往进出，这些通道都一律隐藏在细密的丝网后面。那么问题来了，丝网是怎么来的？它们又不是蜘蛛，难道还会吐丝？是的，这是一个能吐丝的昆虫家族，它们的前足膨大内有丝腺，通过附足进行吐丝。

跟在张巍巍后面，看他如何寻找足丝蚁，这才明白，原来树皮缝里那些我以为是蛛网的，其实就是足丝蚁的穴巢，他用镊子，轻轻撕下一层丝膜，下面就露出了一些丝质通道，褐色足丝蚁就现出了真身。若虫半透明，不到5毫米。成虫体色较深，有的足足有9毫米以上，比书上所说的更长。它们从不给我们仔细观察的机会，一旦暴露，就沿着通道各自逃去。我们花了一个小时，才拍到全套资料。

午饭前，我们回到管理站，发现这里有着另一场忙碌：各种胡蜂群聚在大门外，灯诱造成的蛾子尸体，被扫到这里，给它们带来了特别方便的食物。

这还真是观察胡蜂取食的好机会，我蹲下来，盯住了一只胡蜂，只见它正在处理天蛾，天蛾远比它的身体大，所以它把口器当成了切割机，切得鳞片纷飞。看来它早已熟悉了天蛾的结构，一分钟不到，就熟练地把肥大的腹部从身体上切割下来。头上沾满鳞片的胡蜂，试着咬住天蛾腹部起飞，试了几次，终于摇摇晃晃带着它的战利品飞向了老周家的方向。难道它们就是老周家养的虎头蜂？

我恍然大悟，难怪在这一带的地上，经常看见天蛾头带一对翅膀，原来是胡蜂干的。

不过凡事也有例外，在继续观察了很多次切割后，我也看到一只胡蜂，直接剪下了天蛾的头带走了。这是一个刚出道的新手？

寻蝶布朗山

一

金秋十月，是布朗山的好季节，无休无止的雨季终于结束了，潮湿的森林、潮湿的寨子、潮湿的蝴蝶翅膀都等到了好时节……一切潮湿的终于可以在阳光下好好晒晒。

我一直在耐心地等着雨季结束，在泥泞少的时候，去造访这座神秘的大山，特别是向往已久的布龙自然保护区，才更美妙吧。

其实我还不能说没去过布朗山，因为曾经造访过班盆、贺开和老班章三个寨子，还在老班章的后山徒步过，它们也是布朗山的重要部分。但要说对整体的布朗山，这样的寻访是远远不够的，即使是老班章的后山，仍然只是布朗山原始森林的外围。

终于，十月的一天，依旧是老佐驾车，我们从勐海朝着布朗山出发了。头顶上的天空一会儿阴一会儿晴，阳光随着移动

【 蝶之衣 】

如果你仔细观察过蝴蝶，你就会发现，它看上去是一种很不现实的物种。

它的翅膀差不多占据了整个身体的4/5，这同时也意味着在它的生命中，飞行居然有这么重要的比例。此外，它极为丰富的颜色和图案，也令人叹为观止，有人说它们是飞着的花朵，其实花朵还真没有它们变化多端。

的云扫描着山峦和田野。毕竟雨季刚结束，天气还不稳定。阵雨和烈日交替到来，仿佛一个人的悲喜交集。

老佐说，到布朗山有两条路，一条路是从老班章进去，一条路是一直往打洛方向走，然后再经新竜村进去。为了给我一个完整的印象，我们从后一条路进去，然后回程从前一条路出来，这样，相当于围着布龙保护区绕行了一圈。

离开国道后，一路景致不错，有几处还有非常好的森林，沿途看见收割稻谷的村民，也有人拿着长长的竹竿打番石榴，停车问了一句，采果的人立即就友好地把果子递过来给我品尝。

总车程约 90 分钟，就到了目的地新竜村委会。这是老佐推荐的灯诱挂灯点，我下车四处查看了一下，感觉离原始林区还太远了一点，近一点是橡胶林和田野。如果是旱季，只要附近几公里有原始林，挂灯的地方开阔无遮挡，是完全没问题的。但是雨季刚过，天气还不稳定，这个地点就不太算理想了。

于是，我们继续往前开，可能只有两公里左右，就到了新竜桥，这里出现了几户人家，从几处建筑和堆积的材料来看，原来这里可能是公路建筑或养护队的一个点，由于布朗山茶叶名气逐年上升，附近村寨里的茶农看中了这个地方，也到这里开店或居住，形成了一个微型村落。

石桥的两端，好多蝴蝶兴奋地飞来飞去，一片繁忙，我们赶紧把车停下。下来一看，我就明白这里为什么蝴蝶多了，只见桥下一条溪流穿过，和桥同向还有另一条更大的溪流，加上公路，相当于三条蝴蝶飞行线路在此交叉。此处离布龙州级自然保护区的入口很近，几乎是林区的边缘。从相对阴暗的林区飞出来的蝴蝶，到了这里，正是晒太阳、补充各种营养的驿站。各种因缘际会，让这里成了蝴蝶纷飞的极佳地点。

我们都觉得这个地方好，老佐四处打探，寻找晚上的落脚点。我就不顾一切地进入了拍摄准备状态，在西双版纳，我养成的一个习惯，是遇到蝶群先仔细观察一下，该先拍什么。是整个蝶群，还是某一两种特别难得的种类。之前经常出现的状况是，掏出相机就拍，拍着拍着，才发现惊飞了罕见的蝴蝶。

我轻手轻脚，四处观察了一下。发现蝶的种类还真不少，其中蛱蝶最有价值，多达五种，其中彩蛱蝶、丽蛱蝶比较罕见，还都新鲜完整；窄斑凤尾蛱蝶数量最多，拍到它的机会多，可以暂时不急；有白带螯蛱蝶在地上吃水，这种蝴蝶虽然常见，但凑近的机会却不多，可惜仔细看后翅残了。

我先试了试靠近丽蛱蝶，它超级敏感，两米外就拉高飞走了。我马上把目标锁定为彩蛱蝶，它活跃得很，灿烂的黄色像阳光下的金箔，后翅有漂亮的小尾突，拍了好一阵，才有了满意的照片。可能是看到满意的照片，我略有松懈，动作幅度加大，把它惊飞了。其他的蝴蝶我就不挑了，银灰蝶、窄斑凤尾蛱蝶、玉带凤蝶、各种斑蝶……哪一只近就拍哪一只，不知不觉拍了20多分钟，还顺便拍了地面上不怀好意靠近蝴蝶的蜥蜴。

一回头，发现老佐站在我身后。"这么多蝴蝶，为啥不拍？"

我觉得很奇怪。

"微距镜头忘了带。我正在想办法，让班车带过来。"他看着那些蝴蝶，郁闷地说。

我们暂时离开蝶群，去看老佐发现的一处灯诱点。这是一幢超大的房子，外形像土司的碉楼，它就建在两条溪流交汇点附近，大门旁立有巨石，上书"和蛮部落"。房子左侧有一个露台，独自面对空旷的溪谷和对面的森林，确实是一个极好的挂灯位置。

"这是茶人的家，我都说好了，住也没问题。"老佐说。

搞定了晚上挂灯的问题，我们都松了一口气。在热带雨林考察，灯诱是观察昆虫最有效的方法，灯诱加上夜巡，收获往往超过白天。

我们重新上车，继续往前开，不过几百米，就看到了西双版纳布龙州级自然保护区的牌子，此时，车窗外已是另一个世界，巨大的古树沿着溪谷排列成阵，遮天蔽日。简易公路沿着溪谷一侧的山腰往前伸展，一连几千米，头顶上的藤和树非常浓密。和其他保护区的公路不同的是，这条路直接横穿核心区腹地而过，奢侈而又罕见，七千米的路堪称我见过的最美公路。公路一侧的山坡收集的雨水，还形成了不少小瀑布或水潭，我们忍不住了，不时停车下去观赏一番。路上看到一些适合停车搜寻并拍摄昆虫的点，我都记下了。

车开出原始森林后，经过一些过渡地带，不久就到了布朗乡，我们简单地吃了点东西，继续往前开，想到保护区的另一侧去看看植被情况。其中一个村子叫勐囡，我提着相机，穿过了村子，一直走到村后面，那里一条小路通向密林深处，路口处还有户人家。我在那里逗留了好一阵儿，很喜欢这个地方，感觉周边的林木不错，可以作为备用的灯诱点。

回程，车又经过超美的原始森林公路。在一个路面宽阔的地方，车惊起一只蝴蝶，我看到翅的正面一片白光，斑粉蝶啊，再一看，反面似乎并无红白色斑，赶紧请老佐停车。凭我的经验，应该是只好蝴蝶，斑粉蝶属我还有好几种没拍到过呢。

等我站定，发现这只蝴蝶已经拉升到树梢去了。不甘心就这样离开，我和老佐商量了一下，趁现在还有阳光，他去拍前面的红叶（西双版纳还真是难得见到秋色的，刚才他看到一树红叶，很兴奋），我就在这处蹲守，说不定这只蝶还会回来。

我躲到蝴蝶刚才落脚点不远的地方，安静地等着。比我想象的还快，才五分钟，这只蝶悠悠晃晃，像一片树叶飘落下来。我缓慢地靠近，把它彻底看清楚了，原来不是斑粉蝶，而是传说中的锯粉蝶，它前翅肩部的钩形黄斑太特别了，像勇武的铁钩，又像慈爱的祥云。锯粉蝶这个属我还从未在野外遇到过，我拼命克制住自己的激动，慢慢把相机往前伸，刚拍一张，它就警觉地离开了。

我退后两步，又像刚才那样安静地等着。这次就不容易了，锯粉蝶在空中出现了好几次，晃晃悠悠，但就是不下来。足足有十多分钟，它突然就又下来了，落在了刚才的位置。我不敢靠得太近，远远地拍了两张，这时，一辆车经过，刮过的风把它带得东倒西歪，它再次飞起，远远地消失在树梢间。我叹了口气，站了起来。

下午三点，我们回到了新竜桥，我这才进入土司城堡风格的和蛮部落，男主人不在，女主人小黄友好地接待了我们，带我们去看各自的房间，又匆匆下楼，她得准备炒菜做饭。

我在"城堡"里到处逛，从平街的三楼进去，一直逛到负二楼，这里和溪流是一个平面了。正准备出门看溪水，一抬头，乐了——这层楼的玻璃窗上，竟停着七八只窄斑凤尾蛱蝶。原来，空旷的房子，到处是门，常有蝴蝶进出，而玻璃窗很容易被蝴蝶误认为是出口，结果困在那里。

我动手开窗放蝶，但并不容易，窗户关得很紧。只好动手把蝴蝶往门口方向赶，蝴蝶一只只逃回到阳光下，四散飞去。但有一只，却盯上了我汗湿的手，很舒服地停在我的手指上大吃大喝起来。它平摊在我的手指上，给了我在阳光下仔细观察的机会。

好几分钟后，我轻轻把它引到石墙上，我们终于各自获得了自由。

我这才回屋拿上相机，顺着溪流一直向溪谷走去。两条溪流合并后，汇入开阔的谷地，谷地和两边的树林之间，平摊着一层薄雾，很美。

　　和公路虽然相隔不到百米，这里的蝴蝶却完全不同，数量最多的是苎麻珍蝶，在溪边潮湿处还有玉斑凤蝶和巴黎翠凤蝶时飞时停。沙滩上虎甲不少，每往前走几步，都会有几只斜斜地蹿飞到前面不远处落下。一只鹤顶粉蝶，在灌木丛和沙滩之间飞来飞去，偶尔落下，又立即飞回天空。我观察了一阵儿，估计机会不大，悻悻地提着相机往回走。

　　突然，远远地看见一汪清水中，有什么抖动了一下。我快走几步，看清楚了，有一只娇小的燕凤蝶，正站立水中贪婪地吸食着，它闪动的翅膀几乎快贴到水了。我顾不上照顾自己的鞋，直接就踩进了水里，只有这样才能拍到满意的照片。我拍了一组，不忍心惊动它，没有太多停留，又轻手轻脚退回到路上，蹲着，看了好一阵儿它戏水的样子，才离开。

　　傍晚，面向溪河的露台上，我们的灯亮了。前面一两个小时，灯下的白布上，几乎没有什么有趣的客人。附近草丛的繁殖蚁、小型蛾类什么的在那里纷飞。屋里的中央，是和蛮部落的超大茶台，小黄为我们泡上了她家自己的茶，戈新竜寨子里的大树茶。我之前只喝过曼新竜，那强烈的苦涩，不亚于老曼峨。戈新竜近在咫尺，我估计也差不多，做好了思想准备后，一入口，还很意外，几乎是满口甘甜。布朗山的茶还真是一个寨子一个味道。

　　见灯下没什么收获，我和老佐干脆开车进保护区夜探，我们就在入口处停下，依我的经验，桥头的岔路口，往往是各路小型动物旅客往来的驿站。

我们一前一后用手电仔细察看道路两边的树干、灌木和草丛。不到五分钟，我的手电在一根树枝上照亮了一团毛茸茸的东西，松鼠？为什么会蹲在这么细的树枝上？我缓缓靠近，睁大眼睛细看，原来，是两个毛茸茸的小鸟凑在一起，黄黄的喙，蓬松的羽毛，光亮惊醒了它们，它们两个都睁开了干净的眼睛。我移开了光线，让老佐也过来观赏。还好，我们都没有太大地干扰到它们。

"为什么它们不待在窝里？"老佐问。

"可能是试飞阶段的幼鸟，由亲鸟带着到处觅食，所以在这里待一晚，明天就不见了。明晚我们可以来看一下。"我想了想，这样分析道。

这个岔路口，还真是个风水宝地，我们很快又找到几只停在草丛里休息的蝴蝶、闭着眼在树叶上睡觉的蜥蜴、羽化中的螽斯等。在一条水沟的落叶上，我还发现了几只白蛾蜡蝉的若虫，我估计它们本来是待在高高的树枝上的，结果随着树叶落到了水沟里，不知道它们是否还能顺利长大并羽化。

等我们回到和蛮部落，露台上已是一派繁荣，在众多蛾子乱飞的墙上，我发现了两种蚁蛉、三种螳螂，还有几只锹甲。地上还有蜣螂、黑蜣等我不太喜欢的甲虫。有几只硕大的金龟子引起了我的注意，一时还没想起它的家族。

就在我们不慌不忙，慢慢欣赏这些访客的时候。又一只硕大的金龟子呼啸而至，它在灯前的空中悬停了几秒钟，就重重地摔在地面上，四脚朝天。我把它翻过来，定睛一看，呆了。这家伙头部长着足足五个长角，十分威武。原来是犀金龟啊，前面的无角的硕大金龟子，是它们的雌性。通过微信，昆虫分类学家张巍巍立即确认，这就是细尤犀金龟，俗称五角大兜，很受昆虫爱好者欢迎的。

正如我之前遭遇过的甲虫雨一样，五角大兜的大部队在几分钟后浩荡而至，这个露台四处啪啪作响，全是这些笨家伙摔落的声音。很奇怪的是，它们摔落时全部六脚朝天，无一例外。这时，布上面又来了只蜂一样的东西，老佐看了一眼，警告我，这是夜蜂，蜇一下要痛很久。我护着头大概看了看，有点扛不住五角大兜的空中轰炸，就狼狈地撤退了。

经历忙碌又兴奋的一天一夜，我早上快八点了才醒。躺在床上，不知怎么就想起那只老佐说的夜蜂，然后感觉有什么不对。其实晚上三点多我又去灯下察看了虫情的，只顾看螳螂去了，并没有仔细看看这只蜂。现在好好睡了一觉，头脑清醒了，我回忆了一下它的样子，不由得全身一个激灵，哪里是蜂，应该是螳蛉啊！

看看窗外，阳光都晒到了屋顶，怕是来不及了。虽然这么想，我还是飞快地翻身下床，直接上楼扑向露台。灯我已经在半夜关了，白布上空空如也，各路豪客已在朝阳中各奔前程，只留下零星的几只虫子。在白布的角落，这个长得像蜂的家伙，居然还安静地待在原地。我凑近一看，果然是螳蛉，一只个头很大、举着两柄斧头、威风八面的螳蛉。接着，在布的另一面，我又找到一只稍小的。居然到了这个时候，还有两只不同种类的螳蛉待在布上，实在是太罕见了。

早餐的时候，男主人杨文忠现身了，原来，他还不是茶农，是戈新竜村委会的武装干事，当地人称杨武干。重点是，小杨还学过生物。聊天聊到这个细节，我愣了一下，茫茫布朗山，我们随便找了一个地方落脚挂灯，主人碰巧是学生物的，这缘分让我不由得一愣。

小杨详细了解我们的灯诱要求后，竭力推荐我们上戈新竜寨顶去，觉得比这里的环境好很多。说得我们心动了，一拍即合。经商量，我们驾车穿过保护区的几千米，一边拍摄一边走，然后经张家三队（也是一个布朗山名茶所在地）到戈新竜。小杨直接从小路上去，先办别的事，我们中午前在寨子里会合。

我和老佐很快进入了保护区，一切都是按计划来的，到了方便停车的地方，就下来四处看看风景，拍拍昆虫和植物。毫不夸张地说，我们简直像在仙境里走走停停，朝阳斜斜地穿过树叶，落在我们的前面，从任何一个角落看过去，都像风景画。

计划不是被美景，而是被一个肥料包打乱了。应该是有一个货车，拖着香蕉地里要用的肥料包路过，颠簸的行进中，车上的东西落了一包在路边。公路本来就是森林的空隙处，这样的东西太吸引蝴蝶和其他昆虫了。我们路过的时候，发现这里围绕着肥料包，蝴蝶成群飞舞，赶紧把车停下。

我盘点了一下，有七八种蝴蝶和两种蛾类。其中的文蛱蝶是我最想拍到的，这个蝶我某年春节曾在野象谷附近远远逆光拍到一张，却从未靠近观察过。不过，虽然蝴蝶们沉醉于这人类的意外礼物，但毕竟身处森林，警觉得很。我们稍稍靠近，它们就一哄而散。退后几步，它们又返回。如是反复，拍了很多不满意的照片。当我们反应过来时，已经晚了，我们错过了和小杨约的时间。

午饭后，我们驾车从小路往戈新竜开，一直是陡坡，开到半山，路况变得极差，整条路变成了深不可测的泥潭。老佐不信邪，硬着头皮开过去，才进泥潭几米，车就陷住了。好在他车技好，赶紧斜斜地换了个角度，把车倒了出来。

这条路能开过的都是本寨子的皮卡车，我看着他们驾车而过，左滑右拐，飘来飘去，总还是过了。这一程让我叹为观止，也看出了些门道。原来，他们对这条路熟悉无比，哪里是坑，哪部分路肩结实能承受车的重量，都了若指掌。就像老船工知道一条河暗藏的漩涡和安全的航道。怪不得寨子以外的车雨季前后都不敢开这条小路。

我们默默调头往回开，放弃了计划。

稍事休息后，我提着相机来到新竜桥桥头，想看看有些什么蝴蝶来访问这三条蝶路重叠的风水宝地，没想到灿烂的阳光中，却飘着小雨。我怕器材受损，不敢逞强。回屋换上了我的潜水奥林巴斯相机。这款卡片机的微距很强，防水，在不方便带单反的时候，我都随身带着它。虽然说手机摄影能力已经和卡片机不相上下，但是操控性还是卡片机好很多。

在有蝴蝶逗留的地方来回看了下，发现了一种从来没见过的斑蝶，它的前后翅都有规则的尖型白斑，像一组组箭头，很别致，一时想不起是哪个属的。我拿着卡片机慢慢靠近它，它敏捷地飞起，换一个地方再落下来，始终和我保持着两米左右的距离。卡片机需要比单反靠得更近，才能拍好。我情急之下，想起此行还带了一个神器，那就是延长杆加迷你云台。上次雨季来勐海时，经常见到树干上有兰科植物开花，手却够不着，所以回重庆后琢磨了很久，买来两个器材组合用。

卡片机由延长杆在雨中慢慢向这只蝴蝶推进，由于目标小，推进速度克制，它果然一动不动。我通过手机上的 App 进行遥控拍摄，得到一组漂亮的特写照。后来上网一查，不由大喜，原来这不是斑蝶，而是蒺藜纹脉蛱蝶。这蝶在西藏、云南甚至川渝地区都有，但我野外拍摄多年，一次也没见过。此次借助卡片机和神器的配合，得来全不费功夫。

拍蝴蝶时还有个奇遇，当时，听到后面一只母鸡很激动地不停叫个不停，难道它在马路旁下了一个蛋？

我回头看了一眼，居然是一个难得见到的画面：一条直径约两厘米的蛇直直地昂着头，正和一只母鸡对峙，母鸡一边愤怒地叫着，一边用摊开的翅膀保护着几只小鸡。估计是蛇想偷吃小鸡，被母鸡发现了。

画面很有趣，我赶紧把相机伸过去拍，可能我的动作稍大了点，惊动了主角，它突然溜走，钻进了路边的石头缝里。我一张照片还没来得及拍，只是看清楚了它膨大的头部后部下面的眼斑，竟然是一条半大的眼镜蛇！怪不得母鸡这么紧张。

第一次遭遇眼镜蛇，却一张照片没拍到，我很不甘心。它和母鸡对峙的地方是一幢木楼的一角，我估计它还会出来，就在木楼的台阶上坐下，一边观察有什么路过的蝴蝶，一边用余光盯着它消失的洞口。但是一个小时过去了，它却再无踪影。

当晚继续在露台上挂灯，小杨看了看我们前一天的照片，乐了，指着五角大兜说，这东西好吃哦。以昆虫为美食，是勐海各族民众世代相传的传统。五角大兜在布朗山的种群数量如此密集，自然早就被布朗山人盯上了。小杨曾经在朋友家里吃过，美味得很。他摩拳擦掌，说今晚如果还有五角大兜，他就要抓了。

说实话，甲虫雨虽然壮观，但满露台乱爬的犀金龟，多少有点影响我观察别的昆虫。小杨要把它们捉了，相当于帮我清场，求之不得。

灯光下，五角大兜如约而至，不比前一晚少。小杨把它们一一捉进一个纸箱里，露台上清爽了不少。虽然在同一个地点挂灯，但各种因素的影响，每晚来的访客还真不相同。今晚来的锹甲有三种、螽斯有五种，和前一晚基本不重复。

最丰富的是螳螂，上灯的除了常见的几种外，颜值很高的小型螳螂还真不少，个个清秀飘逸，我花了不少时间把它们记录到镜头里，通过微信，螳螂达人吴超迅速帮我锁定了它们：云南黎明螳、云南矮螳、越南小丝螳、褐缘原螳和一种姬螳。其中的云南黎明螳和越南小丝螳几乎是半透明的，特别纤秀。

近午夜时，我在小杨的脚后跟旁，发现一只形状特别清奇的东西，像一小截枯树枝，却不停地来回晃动。"别动！"我大喊一声，声怕他一后退，就踩坏了这只小东西。

我小心翼翼地把枯树枝捧到手里，举到灯下一看，这是箭螳啊。我在婆罗洲丛林里，曾有机会接触到螳螂的这个奇特的家族，它们的共同特点是修长如箭的身体，颈部超长，腹部也超长，而且动作优雅、从容有如深山里的文人。这只箭螳整个身体像枯树枝，身体还四处带着残破的叶片。我把它放到几根悬挂着的枯枝上，退后几步，连我自己也很难把它再找出来。它的拟态太出色了。

经吴超确认，这是梅氏伪箭螳，非常罕见的螳螂种类。据《中国螳螂》，箭螳科中的伪箭螳属国内只有一个种，就是梅氏伪箭螳。这个种也只在西双版纳发现过，分布情况尚未探明。该书编辑时，这个种不要说生态照，连标本照也没有。可见，在野外接触到它的人是很有限的。

我一直工作到一点钟，实在困得不行了，才进屋。

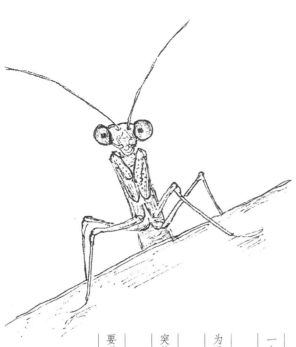

【螳螂】

螳螂是最会玩的昆虫吧，爱玩触角，爱把前足伸到口器里——感觉像在剔牙。

它那三角形的头部，也是特别会转来转去的，特别是前面有一个相机镜头的时候。

有一次，我蹚着溪水，慢慢朝上游走。这样的走法，一是因为没有路，二是岸上有太多的旱蚂蟥。

在一个水潭边，我停下脚步，在犹豫着如何蹚过去的时候，突然，前面出现了一个犀利的眼神。

我抬起头，看见一只螳螂，居高临下地俯视着我，没有一丝要退却的意思。

拉开门，刚进去，就觉得有什么不对。定睛一看，眼前是灾难大片才能看到的场景：吊灯下面十几只五角大兜狂舞，就像有一堆金色齿轮在空中飞旋。不间断地，从房间的各个角度，发出它们撞击到墙、地板和玻璃窗上的混乱声音。地上到处是仰面朝天的犀金龟和它们乱蹬的脚。我好不容易才在角落里找到小杨的那个纸箱子，原来露出了个缝，五角大兜从这里来了个胜利大逃亡，全跑出来了。

二

车离开蚌岗，只开了一千米，就开出了雨雾，来到一片艳阳下。从勐海大地离去的雨季，仍然把它的尾巴缠绕在蚌岗这个神奇的地方。

"奇怪，为什么找不到缺翅虫呢。"张巍巍自言自语着。

在苏湖林区和蚌岗林区，他没有放过任何一段可疑的朽木，在车出发前，他还蹲在一棵芭蕉树下，把一截从枯草中拖出的朽木彻底搜索了一遍。结果，意外的收获，是发现了一个庞大的白蚁家族。

我也没闲着，拍了一组这个家族兵蚁的照片。白蚁的分类，很多时候要靠兵蚁的特征来进行，因为白蚁在形态上是最千变万化的，只有除蚁后之外的大个子兵蚁保持着形态的稳定，它们的头部特别是上颚的形状，几乎是家族的标识。兵蚁有两种：

一种使用传统冷兵器，不同家族的发达上颚简直像一个冷兵器展；另一种就是我感兴趣的了，使用"化学"武器的喷射兵，它们的头部很像人类生化兵的装备，又有点像象鼻虫，可以直接喷射化学液体让敌人动弹不得。我特别想拍后一种，可惜这一次还是没找到。

"你所有的诉求，都可以在布朗山解决。"我一脸自信地安慰他。他此次考察的三大心愿：在西双版纳发现缺翅虫、找到中国箭螳、试吃五角大兜。其实我觉得只有最后一项完全没问题。野外发现缺翅虫，从来都难如登天的。箭螳，我在西双版纳考察十年，也就在勐海见着一回。但是莫名其妙的，在向布朗山进发的路上，放眼全是骄阳和森林，我突然有了盲目的信心。

说话间，车就到了布朗乡的新竜桥，我轻车熟路地把车停好了。看着小杨家的土司城堡，刚下车张巍巍还是有点意外，连连感叹。

小杨哪里也没去，就在屋里等着我们。"今晚一定要抓几只五角大兜，按布朗山的传统美食方法做，张巍巍要体验一下。"我一进屋，就赶紧落实巍巍的心愿。

"不抓都有。我们都留起的。"小杨一笑。原来，他听闻昆虫分类学家要试吃五角大兜，把处理好的虫子多数存在冰箱里，没舍得吃完。

一边聊着，我们又一起去看了挂灯的那个露台，简单就是个完美的地方，独对溪谷和莽莽群山，右边还有一片原始森林。

"唯一的遗憾就是灯上面无遮挡，所以我睡觉时都只好暂时把灯关了。"我说。

小杨看了看我挂灯的位置，说："这个简单，我来想办法，今天晚上就不用关灯了。"

果然，过了一会儿我去露台看，像变戏法一样快，灯的上方，已经多了一个透明的塑料小棚。布朗山人做事的效率就是这么高。

接下来，就是挑战女主人精心烹制的五角大兜了。去除掉头和背板的五角大兜，不再有半分凶悍，倒有点像巨型蚕蛹。我看着还是有点惊心，头皮发麻，不敢动筷。感觉比吃竹虫的压力大多了。

张巍巍面无表情，直接放了一只到嘴里，嚼了一会儿，露出了很满足的笑容。

"就是好吃。"一直观察着他的小杨松了口气，也捞了一只到嘴里，动作很熟练的样子。

我纠结了很久，硬着头皮挟了一只到碗里，深吸了一口气，才咬了一小口。原来这个巨型蚕蛹，中间是空的，肉没有想象的多，只是薄薄的一层。慢慢嚼，口感也像蚕蛹。我自小在嘉陵江边的四川省武胜县长大，那一带是丝绸之乡，蚕业的副产品就是蚕蛹，家家户户都吃。但是这个虫子比蚕蛹更香，有点像蚕蛹加上油炸花生米的香气。这样一想，干脆把剩下的整只虫子都放进了嘴里。

如果不是有入乡随俗体验一下布朗族人的美食文化的想法，真不敢尝试这个。

吃完饭，天已经黑透了，我收拾了一下相机和其他装备，急急冲向露台，看看灯下来了些什么客人。

还没走近，就看见灯下有一个蜻蜓模样的东西，时而飞来飞去，时而悬停在空中。

哈哈，蝶角蛉！这样的飞行套路我太熟悉了。总的说来，蝶角蛉的飞行能力不如蜻蜓，但是它的空中悬停能力，似乎比蜻蜓要强，它更擅长在相对狭窄的灌木丛和树下活动，而蜻蜓更喜欢在开阔地带巡航。

等它安静下来后，我看清了，这是一只裂眼蝶角蛉，裂眼亚科的物种比完眼亚科的相对多些。

当晚来了很多东西，锹甲特别多，我们过了一个忙碌的晚上，连开车进林子去夜巡都是匆匆而回的，多少有点怕错过灯下的来客。

第二天，我们匆匆吃完早饭，准备进布农自然保护区，走到车边，才发现小杨装备齐全地等着我们，原来，他早就打定主意要给张巍巍当一天助手，作为生物爱好者，这样的机会不可错过。

我讲了一下计划，先开车穿过整个美好的原始森林，一路观察朽木并记住大概位置，然后在林区出口折返再分别进行搜索。

"小心，那里有一个胡蜂的巢……这只螨不错……鼠妇居然还有彩色的……"张巍巍的眼神真好，我们停留的每个点，他都能最先看到藏得很好的小家伙们。

我们一路走，一路拍，时间不知不觉就过去了。其实，唯一让我印象深刻的物种是一种蝽，它的前胸背板向前夸张地伸出，在头部上方形成锥形的头冠。自带雨具的它应该最不怕下雨吧。再一想，昆虫其实都不怕下雨，那么，它这么夸张的形态上的进化是为什么呢？恐吓天敌？吸引异性？这还真值得好好琢磨。

我们继续向前，在公路边的一个斜坡上，有一棵倒卧的树，那里的地面是苔藓的领地，树干和附近的石块都身披绿装，彼此莫辨。这正是张巍巍想重点搜索缺翅虫的地点之一，他和小杨准备在这里大干一场，一前一后就下去了。

那个狭窄的区域，已很难容下第三个人。我犹豫了一下，选择了沿着公路拍摄蝴蝶。此时接近正午，太阳已把公路晒得发烫，它散发出的有异于森林的气味，吸引来了各种蝴蝶。

有一只黄色的蛱蝶吸引了我的注意，它翅膀的反面由黄、黑、白三种颜色组成，醒目而讲究。这种我从未见过的蝴蝶，根本无法靠近。它如此警觉，我细微的动作也会惊飞它。而它再落下，已是二十米开外。跟了五六个回合，它都始终和我保持十米以上的距离。

我大致看清楚了，它应该就是帅蛱蝶，我在资料上看到过图片，自己从未亲眼见过。记得帅蛱蝶是夏天出现的蝶，为什么这个季节还有？难道是偶然仅存的一只？

虽然没拍到这只蛱蝶，但接下来我却人品爆发，平时很难接近的蝶，都一一拍到了：有着精致网纹的网丝蛱蝶、灿烂的文蛱蝶、拖着长长尾巴的珍灰蝶。每一种都是我百看不厌的啊。

正在感叹自己运气好的时候，电话响了，是小杨打来的："李老师，快来！"

没有多余的话，当然，也没有别的可能，只能是他们找到缺翅虫了。原来和我比起来，他们的运气还要好。我拔腿就往他们那个地方飞跑，这才发现，我离他们已经不知不觉有些距离了，估计有五六百米。

他们已经完成了搜索工作，开始往一个个小盒子里装树皮了，这些树皮里就有着昆虫爱好者都想一睹真容的缺翅虫。我提着相机，努力地挤进他们两人中间的空当。

喜形于色的张巍巍，指着树干上残留的树皮说："看，这儿这儿，正在爬的是幼虫。这儿这儿，缝里有一只成虫。"

我看了一阵儿，啥也没看到。一定比我想象的更小。我瞪大眼睛，一厘米一厘米地搜索更小的目标，终于，我看到了0.5厘米大小的幼虫——它头顶两串水晶珠子般的触角，白色半透明的身体，腹部有一点微黄——漂亮得像一件有呼吸的水晶艺术品。接着，我又看到了躲在树皮的细缝里的成虫，还真没有幼虫好看，如果不是事先知道这是大名鼎鼎的缺翅虫的话，很容易把它当成一只普通的蚂蚁。

三个人高高兴兴提着盒子满载而归，他俩一身是泥，连脸上都是花的。

中午，我没和这两个精疲力竭的人商量，就独自提着相机出门了，我估计他们得好好休息一下。

正是艳阳高照时，明亮的阳光让我几乎睁不开眼睛。我在阴影处站了一会儿，让眼睛适应一下。一只蛱蝶从我眼前飞过，停在一块石头上，不停地闪动，它的翅反面看上去旧暗如枯叶，但有些角度却呈现出精致的丝绸般的质地。很多人把它误认为枯叶蛱蝶，其实，它的大名叫蠹叶蛱蝶。不知为什么，之前我在野外碰到的蠹叶蛱蝶都是残破的，还第一次见到这么完好新鲜的。

烈日暴晒着屋前的空地，蒸发出强烈的气味和水分，而沿着两条溪流和一条公路经过的蝴蝶，很容易被吸引过来。

欣赏了一阵蠹叶蛱蝶，我才发现它的附近有着一只更为罕见的蛱蝶，它的蓝色前后翅的正反面的边缘，都有着像闪电又像银链的线条。不过，它只是匆匆经过，停留了一会儿就飞走了。后来我从资料上查到了它，原来是电蛱蝶。

空地上还有一些别的蝴蝶，怕错过好蝴蝶，我仔细一一看过才离开。本想走过兴龙桥，去那边碰碰运气。没想到才走几步，就走不动了。一只硕大的灰绿色蝴蝶，在我面前悠悠落下

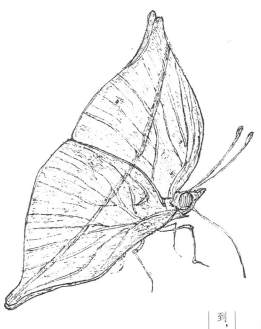

【枯叶蛱蝶】

观察枯叶蛱蝶是件妙不可言的事，它不光精确地模拟了枯叶的形状、色泽、叶脉、叶柄也栩栩如生。最令人叹为观止的是，它还模拟了枯叶被害虫侵害后的斑点，以及枯叶因变质而特有的衰败韵味。

枯叶蛱蝶的正面其实有着惊人的美丽，不过多数人并未见到，还以为它就只是一片枯叶的样子呢。

飞起，又在不远处落下。丽蛱蝶！我的心怦怦地跳了起来。上一次来兴龙桥，就让我失之交臂，这一回不会再错过了吧。

我在云南及东南亚的野外多次看到丽蛱蝶，但是能靠近它仔细观赏的机会不多，所以看到的究竟是丽蛱蝶的哪个亚种并不知晓，因为它的亚种实在太多了。国内蝴蝶迷熟知的是它的云南亚种云南丽蛱蝶，云南丽蛱蝶被人们称为云南省蝶，早在1963年就代表云南省种类繁多的美丽蝴蝶上过特种邮票，而且是作为20种蝴蝶的压轴，放在最后一枚。

它又停下了，在蕨类植物的叶子边缘。我看清楚了，它前翅分布着有规律的白色宽带，云南丽蛱蝶无疑。好像是有意给我观赏机会，活跃的它竟在那里停住了，好几分钟后，才拉高飞走，向溪流对岸而去。

我的惊喜并没有结束，在新竜桥的另一头，当我全神贯注地拍摄着一只白带螯蛱蝶时，余光里发现托着相机机身的左手上，似乎停了个黄色的东西。我放下相机，一下子乐了，原来正是上午苦苦追踪无法靠近的那种黄色蛱蝶，它津津有味地吸着我手上的汗珠，没有任何要飞走的意思。

果然不出我的意料，这是一只帅蛱蝶，我不敢乱动了，就这样伸着手，让它吃个舒服。它到了我食指上时，给了我极好的拍摄机会，于是，我右手举起相机，以天空和远山为背影拍了几张。足足有十分钟，我实在扛不住头上的烈日了，起身到附近的屋檐下休息。它对我身体的晃动不以为意，继续闷头大吃，真是可爱得像我的小宠物。

当天晚上，我们一边整理有缺翅虫的那堆树皮，一边继续灯诱。依旧是五角大兜笨重地摔到地上，依旧是很多种螳螂和螽斯，每个灯诱点，在邻近的时间里，只会更新一小部分物种。

深夜，快一点了，一直忙碌着的张巍巍叹了口气，说，我休息一会儿去。我知道他为什么叹气，他还有一个目标未能达成——伪箭螳，连续两个晚上，这神秘的物种音讯全无。

布上还有我想拍摄的，我再拍一会儿，我说，有一只蚁蛉和一头螽斯，都长得很特别，我还没来得及作记录。

张巍巍离开约十分钟后，一个修长的身影飘到了灯下的地面上，像一支小巧的箭在风中抖动着，很熟悉的身影，很熟悉的抖动，我上次在同样的灯下见过，不会是别的昆虫，只能是它——一只梅氏伪箭螳。

注：在我们造访布朗山的第二年，五角大兜被列为国家二级保护动物。布朗山村民取食五角大兜自此成为历史。

九重山记

　　有一次，在一个聚会上，有位酷爱登山又喜欢写诗的人找到我，希望我为他的诗集写序。他说，这是一本很特别的诗集——因为他这十多年来，有计划地登完了重庆有代表性的山，而且为每座山写了一首诗。

　　听上去太特别了，我兴致勃勃地展开了他打印的诗集，读了几首，就有点尴尬地合上了。

　　熟悉的老干体，让我的心情很复杂，很心疼他这么多年的坚韧旅行，也心疼那些被他写过的山。很多人所理解的诗歌，就是他们读过的那些小套路。但是他们真正的经历，放不进那些套路里。

　　那是在重庆北城天街的一个茶室里，我若有所思地抬起头来，望着窗外，他惴惴不安地望着我。

　　我们就这样以各望各的方式对峙了几分钟。

　　最后，我转过脸来，看着他，说："你知道重庆城口的九重山吗？"

"不知道。"

"那是我觉得重庆最值得登的一座山。既险又美，万山之王呀。"完全不是为了应付他，我真的沉浸在对九重山的回忆中。停顿了一下，我又说："你去登那座山吧，从樱桃溪往上一直走。说不定你能写出最好的一首诗。等你把这首诗补上了，我就给你写序。"

"真的？"他一下子站了起来。

"真的。"我仰望着他的脸，很肯定地说。

这又过去了好多年。他没有去登九重山？或者去了，登山的经历，让他觉得这本诗集应该重新写一遍？这个人再也没有出现，我有时想想，还觉得挺惋惜的。

我所说的九重山位于重庆之北的城口县，属于大巴山脉的南侧。大巴山脉以陡峭之势，插入重庆，贯穿重庆的城口县、开州区、巫溪县，最后在湖北境内形成莽莽林海覆盖的神农架。除了造就千姿百态的风景外，更是一个非常重要的生态走廊，依我个人的粗略评估，如果没有大巴山脉，重庆的动植物物种数量，可能会减少 30% 以上。而九重山更是处在这个大型生态走廊的起点，承接大巴山的走势，获得了众多的高峡窄谷，生物多样性价值极为显著。

第一次听到九重山，还要从我们当时一起玩的大家论坛说起。2005 年夏天，有一个重庆城口籍的大学生，在大家论坛上分享了他和伙伴们从樱桃溪登上九重山的经历。九重山独特的风景，一下子吸引住了大家的目光。其中一张照片，我至今仍记得，山峰身披朝阳，山脚下是葱茏的树丛和草原，而中间是一层整齐的云雾，像富士山却更精致、更神秘，一下子就圈粉无数。不过，我们的注意力都在风景上，基本忽略了也有部分图片讲述了攀登过程的艰难。

九月份，我的老友、重庆一家妇女杂志的主编王继准备带队到城口九重山去搞团建，问我去不去。这算是个福利，因为我也常为他们的刊物评刊或者出主意，他知道，所有生态好的地方对我都有致命的吸引力。"去呀，当然要去。"我毫不犹豫就答应了。

中旬的一天，经过八九个小时的颠簸，我们进入城口县境内。那是我第一次进入重庆的北境之地，沿途尽是陡峭入云的山峰，看着既养眼又心生敬意。我印象最深的，是石崖上密布百合，虽然花已开过，但是植株仍然悬空傲立寒风中。花开时，这一带该会多美。

傍晚的时候，我们入住城口县招待所，享受了印象深刻的一顿晚餐，说起来没什么特别的做法，但当地的食材确实好，比如土豆，实在太好吃了，煮、煎、红烧都很好吃。有一盘小鱼引起了我的注意，是一种我似乎见过的鱼，头锥形，口在下位，后背隆起，鳞片很小。吃起来细腻、鲜美。感觉很像是四川雅安地区的雅鱼。问了一下当地人，说是洋鱼。后来我根据拍摄的照片，查到是裂腹鱼，是城口本地的原生鱼种。而雅鱼也是一种裂腹鱼，怪不得如此相似。

　　指导我们做城口行程的是县林业局的副局长夏贵金，见面后，这位兄台听说我们对九重山情有独钟，非常高兴，但同时脸上浮现出一丝异样的神色。过了很久，当我顶着月光在九重山上赶路的时候，终于读懂了这一丝神色，但是，那一刻为时已晚。

　　贵金兄对向外宣传和推广城口的森林和旅游资源有着非同一般的热情，除了九重山，还着重介绍了几个县城附近的景点，亲自抽时间陪我们去看。九重山其实已经够大，溪流、瀑布、峡谷、险峰、高山草甸应有尽有，他为什么还要热情介绍更多景点？我们当时也没有明白，明白的时候，同样为时已晚。

　　总之，第二天看了几个他推荐的景点后，第三日上午，我们才到了樱桃溪。按照贵金兄的安排，我们午饭后上山。当时我很困惑，还问为什么不上午就登山。王继解释说，上午出发就要准备干粮，这条路很难走，团队女生多，负重太困难，下午的话，登顶到场部吃晚饭。嗯，听上去挺有道理的。

　　女生忙着互拍照片，我忙着在山谷前寻找蝴蝶、昆虫和有意思的植物，我们都没有浪费登山前的时光。

　　毕竟是九月了，已过了观察蝴蝶的好时光，山谷里只见着一些粉蝶和灰蝶，我小心地凑近它们，记录到宽边黄粉蝶和点玄灰蝶，都是比较常见的。另外有一只线蛱蝶，略有点残，非常敏感，试了几次都不能靠近。于是放弃了寻蝴蝶，想看看灌木和草丛中有什么昆虫。

当我俯下身来，才发现这些荒芜之所原来是热闹的幼儿园。在荨麻科的某种植物上，几只大红蛱蝶的低龄幼虫在匆匆啃食着叶子，好像在和秋天的时钟赛跑，要抢在冬天之前成蛹化蝶。在一株樟科植物的幼苗上，发现了一只青凤蝶属蝴蝶的低龄幼虫，它就一点儿也不着急，啃食几口，就抬起头来思考一阵儿，像在品鉴着这树叶的滋味，有点美食家从容、淡定的派头。高一点的灌木上，我找到了硕大的有着翡翠般身体的天蚕蛾幼虫，从特征上看接近绿尾天蚕蛾，矮一点的灌木上，我发现了一窝叶蜂的幼虫，它们都喜欢弯曲着身子，把自己弄成 S 形。最有意思的，是一种蛾类的幼虫，它头顶隆起，眼斑突出，拟态蛇头，如果你没有思想准备，猛然看到它，一定会被吓一跳。

不知不觉，拍了半个小时的幼虫，我抬起头来，继续往旷野里走，但不敢走得太远，因为随时会有吃午饭的召集令。走了几十米，发现我仍然在昆虫幼儿园的范围内。我在一枝斜垂下的枝叶上，看到了一个漂亮的幼虫。这个幼虫浅绿色，像一个小龟壳，略隆起的背部贯穿着白纹，两侧各有八组刺毛，刺毛与背部之间还有红色的斑纹，整体像一个讲究的小艺术品。看着看着，我想起来了，这应该是扁刺蛾的幼虫。扁刺蛾家族广泛分布于我国，危害果树和其他林木。以前看过图像资料，没想到实体颜值竟然很高。我拍了又拍，心中赞叹不已。

走完这段荒坡后，前面是几块巨石，巨石上也有藤蔓和杂草，巨石脚下野花盛开，正是野棉花闪耀的季节，它们硕大的花朵密密挤在一起。我小心地经过，尽量不踩到它们。想靠巨石近些，看看上面有没有兰科植物。我总是对兰科植物有着异乎寻常的热情。

突然，石壁上，我看见一只蜂做了一个很奇怪的姿势，它背部猛然弓起，尾刺弯向自己的腹部下方，这是典型的攻击姿势啊。我条件反射地举起相机，已经晚了。它的攻击瞬间就结束了。在它松开足，退后一步，从容观察自己的猎物时，我看清楚了，一只蜘蛛在那里一动不动。原来是蛛蜂！这是一种非常阴损的蜂类，它会用毒液麻醉蜘蛛，带回巢中，让它们不能动弹却又不马上死亡，成为它们产卵育儿的温床和食物。它退后一步，是为了自己不被蜘蛛伤害，一旦判断对方完全失去行动能力，就会带上它回家了。我第二次举起相机，果然，蛛蜂伸出前足，拨了几下蜘蛛，就抓起它，摇摇晃晃地飞了起来。但飞了不多远，又在一处石壁上停下，走了几步，再次起飞。在这个过程中，我拍到了一组照片，开心极了。虽然曾经在野外观察到蛛蜂的攻击，但拍到它携带猎物回巢还是第一次。

午饭后，王继带着我们沿溪流边的小径出发了，前方是云雾缭绕的群山深处。贵金兄微笑着看着这个主要由女生构成的花枝招展的队伍，反复说："爬不上去不要紧，原路返回，我给你们准备晚饭哈。"

为了万无一失，王继请了一位老乡当向导，还可以帮着大家背点行李。大家一边拍一边走，速度很慢，我倒也不着急，正好看看沿途的动植物，用相机作记录。

刚开始，还有路，走着走着，路就汇入了溪流。原来，才走几百米，我们就只能在樱桃溪的河床上行走了。

大家兴致都很高，因为景致实在太美了。我们前面的峡谷不断变幻着图案，有时开阔，有时逼窄，还总有云雾从峡谷中升起。视野里，山有很多层，近处的颜色深，远处的浅，最远处的和云雾连接在一起。

"这里太适合拍古装片了。"有人评价道。

慢慢地，有些地方必须涉水了，生怕鞋子沾水的女生不时传来惊呼，因为要踩的卵石都滑滑的，随时都有失去平衡栽进水里的可能。我注意看了一下向导，他穿一双解放鞋，直接往水里踩，步子稳得很。这是最廉价的溯溪鞋，也特别好用。我不由得低头看了一眼自己的登山鞋，这可不敢往水里踩，不然一会儿离开溪流上山步行就艰难了。湿透的鞋会很重，脚也相当不舒服。

又走了一段路，我们进入了一个窄窄的峡谷，两岸全是陡峭的石壁，但脚下却很平坦，走着很舒服。如果时间足够，这段峡谷倒是野外观察的极好区域，我在峡口附近的醉鱼草上，看到了两只略有点残的凤蝶，一只是常见的碧凤蝶，另一只却是极珍稀的金裳凤蝶。金裳凤蝶很敏感，人群的喧哗让它很快飞走了。我只拍到了碧凤蝶。

看着风景好，大家决定休息一下，拍人像及喝水。我蹲下来看清澈的溪水，发现里面水生昆虫不少，比偶尔游过的小鱼还多。数量最多的是蜉蝣稚虫，然后是石蝇稚虫——后面这种小家伙，把自己裹在小管子式的巢里，安全得很。

"李老师，快来看这个。"有人在远处喊我。

我快步走过去，原来，地上有一只螳螂，是我从来没见过的种类。它全身深褐色，翅膀轻薄，足如细铁丝。更有意思的是，人类应该是它从未见过的庞然大物，但它没有丝毫畏惧，它爬到石滩里最高的一块石头上，没有一点要逃走的意思，举起一对褐色小刀，像表演，又像是威胁。那气场，感觉它才是这峡谷里的小主人。我趴在地上拍了几张照片，叮嘱其他人经过时小心，别踩着它，然后轻手轻脚离开了这个骄傲的刀客。后来请教了昆虫学家张巍巍，巍巍说这是古细足螳，比较罕见。果然罕见，在后面的十多年野外考察中，我再也没见过这个种类。

走出峡谷，走到前面的人停住了，原来，我们走到了溪流的断层下方，溪流到这里变成跌水，冲击出一连串的水潭。居住在上面的山民，为了通过断层，制作了简易的木梯，但木梯已残，又在水流正中，人必须走进水潭才够得着木梯。

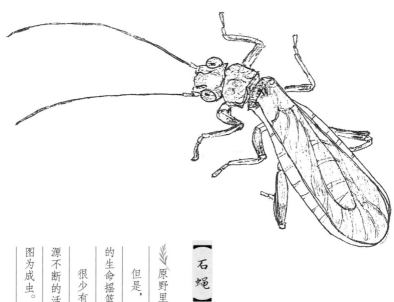

【石蝇】

原野里的小水洼，是最不起眼的。

但是，这些不起眼水洼却有着无限的生趣，它们是许多昆虫的生命摇篮，也是它们重要的生活舞台。

很少有死水一潭，它们都由或明或暗的水脉联系在一起，源源不断的活水，使石蝇这样对水质挑剔的昆虫的稚虫也能生存。

图为成虫。

向导已经走过去了，他判断梯子还能用。为了不湿鞋，我脱去鞋袜，放进包里，赤脚走进了水潭。虽然才九月，但山里的溪水冰冷刺骨，只好咬牙坚持着，尽量走稳。赤脚可远远不及穿鞋步子稳，因为下面的石块什么的，有时非常尖锐，踩着很痛。如果上面还有很长一段水路，我想还是得把鞋穿上。不然，可能走不了多远。

多数人是穿鞋走进水潭的，包括刚才怕打湿鞋的姑娘们。看见前面的路如此险峻，重庆妹子天不怕地不怕的劲头反而上来了，没有一个人想撤退。

我们沿着全是流水的木梯，小心往上爬行，狭窄处，两边的岩石已挤到一起，队伍左冲右突，非常艰难地穿过一个水声轰隆的曲折洞穴，才到达断层上方。看着完好的队员，王继松了口气，他是真担心自己带出来的这些人，有一个踩滑了摔下去，那就麻烦了。

经过惊心动魄的溪流跌水地带后，前面的坡上出现了小路，大家松了一口气。我看了一下时间，是下午两点半左右。仰头看了看前面的山峰，估计只需要一个多小时路程了。虽然路有点陡，但我还是把摄影包放下来，重新取出相机，抓在手上。这是人迹罕至的山地，我不想错过任何精彩的物种。

可是，相机是取出来了，却几乎没有拍摄机会，因为同伴都已疲倦，而路又陡又滑，时常需要我出手相助。

两个小时的樱桃溪穿行，已经让这支弱旅体力耗尽。我自己扳着指头数了一下，还有能力帮助队友的，除了向导，就只有三个人。一个是王继的朋友、在重庆师大工作的老周，他常年坚持户外活动，野外经验丰富，体能充沛。一个是美编小程的男朋友小申，小申看着清秀，但一到溪流中身体的强健就显现出来。还有一个就是在野外走了五年的我，其他人都把背包给了向导，我却背着自己的摄影包。这样的情形下，我不可能只顾自己的拍摄。只有在小路相对平缓，或者有什么特别物种时，我才努力腾出手来，草草拍一下。

就这样走了一个多小时，路边的一株植物让我眼前一亮。只见它的茎斜斜伸出，钟形的花整齐地分布在顶端。花瓣背面有着绿色的网脉。这是什么植物啊，叶子像兰科植物，但花形又像是风铃草。我在脑海里拼命搜索，找不到对应的物种。没有时间让我多端详，我匆匆拍了一组图片就离开了。完全没有意识到自己是多么幸运的人，碰到的是多么珍稀的物种。

两年后，我在新闻里意外看到同一种植物，新闻里说它是大名鼎鼎的川东大钟花，此花还有一个漫长的故事。

1888 年英国驻宜昌领事馆医生奥古斯特·亨利在沿三峡调查采集植物期间，在巫山北部采到川东大钟花的标本。该标本在英国皇家植物园邱园，由著名植物分类学家赫姆斯利鉴定为龙胆科龙胆属新种，特点在于其花冠具网格状脉。1890 年，该新种在《林奈学会植物学杂志》发表。1967 年，瑞典植物学家史密斯建立大钟花属并将该种转隶大钟花属下，命名"川东大钟花"，为中国特有珍稀濒危植物。但是之后的几十年里，植物学家再也没有看到它的踪迹，直到2007年在重庆开县被意外发现。

看完新闻后，我打开电脑，重新调出了九重山之行的图片。没错，就是它，川东大钟花。原来，在开县发现它之前两年，我就在城口遇到了它。身在奇遇中而不自知，毕竟还是学识有限啊。即使这样，我还是高兴得在书房里转了好几个圈。

又继续往上，再往上。下午四点多，我们终于全体登上了高耸入云的山峰，回首望去，樱桃溪已隐身于云雾之下，犹如深渊。把视线收回来，打量四周，发现峰顶犹如鲤鱼之背，在云烟中浮现出来。这就是山顶？我们的目标，九重山林场场部在哪里？

有人看到，远处有一棚屋，大家一阵欢呼，就走了过去。棚屋很小，不像是住人的，倒像是方便照顾附近的几小块庄稼地的简易场所。

向导在我们旁边解释说，我们才走了一小半，要走到真正的九重山顶，以我们的速度，还需要五六个小时呢。对体力消耗到极限的众人来说，这个消息不亚于五雷轰顶，大家一下子沉默了。

我第一时间想起了贵金兄送我们出发时的微笑，里面颇有内涵。他定是判断我们这支弱旅，根本不可能走过溪流的断层，所以才说安排好晚饭等我们返回。但是，王继的团队，远比他想象的要坚强，不仅出乎意料成功穿越断层，还上了第一道山顶。

但比较尴尬的是，我们现在进退两难，再过两小时天就会黑，我们将很快进入饥寒交迫的境地，而不管前进还是后退，那时必定还在路上。

关键时刻，王继发挥出了带头大哥的作用。他分析说，回程可能时间短些，但差不多是在天黑后才能过断层，向下比向上更难，所以风险极高。往前路途再长，我们慢慢走，反正能安全到。然后又是眉飞色舞地给众人打气，让大家休息一会儿就赶路。瘫坐在路边的众人，都被他说笑了，都说要尝试一下披星戴月赶路的滋味。

正聊着天，我突然发现人群背后的草丛里，不知什么时候飞了一只蝴蝶过来，起身快步靠近一看，是一只有着漂亮眼斑的眼蝶，很像是艳眼蝶。但是眼斑外有一团橙红色，和艳眼蝶可以区别开。我心里一动，感觉很像我在网上见过的舜眼蝶。可惜，它几乎没停，我只拍到它在草丛里闪躲的照片。我和舜眼蝶的第一次照面，竟然如此潦草。

如果有时间，就在这一带搜索，要找到这只舜眼蝶应该问题不大，但由于不能脱队，只好悻悻地背上摄影包，和众人一起往前走。

"我们现在到了第一重山，九重山嘛，意思是前面还有八重山。"向导在我们前面打趣地说。

"我的天哪！怕要走到明天天亮了。"有人听得一声惊呼。

众人轰然一笑，都暗暗加快了脚步。

走着走着，我就走不动了。小道两边，竟然全是四照花，正值果期，鲜红的果子简直有铺天盖地之势。四照花又名山荔枝，著名的野外观花植物。据我的知识，四照花属的所有果实，都是可以食用的，区别无非是好吃或不够好吃。于是，我纵身跃起，说要采几粒来食用。我的举动把同伴吓坏了，他们不由分说，推着我就走，说不能冒险。又过了一会儿，前面的树上垂下几根藤，上面挂着紫红色的荚果，这不是八月瓜吗，这比四照花果更好吃啊。我停住了脚步，四下张望，想找一根竹竿，把八月瓜捅下来。这次没人阻挡，但并没有竹竿之类的东西。我只好咽了下口水，恨恨地继续赶路。

两个小时后，我们已经记不清楚经历了几次下坡又上坡，经过了几户人家，道路变得平坦了许多，此时，天色已有些昏暗。我看见王继走到队伍的后面，脸色极为难看，看来他之前的眉飞色舞，只是为了给团队打气，他的体力早就透支了。我靠近他，小声问他需要停下来休息不。他看了一眼走在前面的众人，摇摇头，继续慢慢往前走。

走着走着，前面突然开阔，本来和前面的山岭一样的鲤鱼背，变成了开阔的草地，走近一看，还是开满了白色花、紫色花的草地。走得已经相当沉默的队伍，又变得兴奋起来，都掬出相机，借着黄昏的最后一点光线拍风景片。

我停下脚步，仔细看了看，紫色的有几种，其中一种是沙参，白花有点远，茫茫的一片，只勉强看出是菊科的种类。

我们在花海里继续向前，不得不说，这是一个美得有点不真实的场景，下面是走得有点轻飘的人们，上面是无边的夜空，月亮像一盏黄色的灯，照着隐约可见的小道。走着走着，感觉自己真的有点轻盈了，像走在某张印象派油画里，像走在某部欧州文艺片中的原野上……原来，美从视觉开始，在传递到我们心灵的过程中，仿佛自带一种力量，特殊时候，这种能量释放出我们沉睡的潜能，让我们迅速摆脱精神或身体的困顿，恢复到神清气爽的良好状态中。淡淡的月光中，我们的目光变得锐利，看得清小路的所有细节，感觉得到队伍中某个人的步伐。我甚至觉得，能一直这样走下去，直到天明。

晚上九点，我们终于到达林场场部。见到我们，工人们松了口气，说大家都等了很久，山上山下的人都担心着我们呢。

很多年后，我写了首诗，回忆当年在月亮下赶路的情景，时间过滤掉当时的全身疲惫特别是无比沉重的双脚，只留下了那空旷无边的苍茫之美。

九重山

多年后，我仍留在那座不可攀登之山

有时溯溪而上，有时漫步于开满醉鱼草花的山谷

它和我居住的城市混在一起，我推开窗
有时推开的是山门，有时是金裳凤蝶的翅膀

夜深了，半人高的荒草中，我们还在走啊走啊
只是那个月亮，移到了我中年的天空

几乎是我想要的生活：堂前无客，屋后放养几座山峰
前方或有陡峭的上坡，不管了，茶席间坐看几朵闲云

依旧是一本书中打水，另一本书中落叶
将老之年，水井深不可测，每片落叶上有未尽之路

第二天，我很早就醒了。我还记得昨晚睡着前他们的谈话，好像是接到山下的电话，暴雨将至，为了这么多人不困在九重山顶，我们得改变原来休整一天的计划，当天立即下山。

我翻身起来，快速穿好衣服，提起相机就往外面跑。我怕来不及看仔细九重山巅的面目，我怕错过了精彩的物种。

出门时，外面冷冽的寒风，呛得我咳了几声，我尽量忍住，怕惊醒其他还在熟睡的人。看了一下手机，时间是七点。

一层薄雾，浮现在无边的蓑草和干花之上。没有路，但是时常有人走过之处，蓑草向两边分开，也算是路了。我沿着这些足迹往草地深处走，这才听到远处有人声、笑声，原来，还

有起得更早的人，已经在这万山之巅放飞自我了。

在草地边缘发现一株西南卫茅，枝干虬劲，果实像漂亮的小灯笼。这么好看的植物，长在这深山无人处，无人赞叹，无人怜惜，却也逍遥自在。看了一阵儿，我继续往人声处走去，发现原来那里有一条溪流，弯弯曲曲地深陷在草地里。这么冷的天，还会有色螅或蝴蝶吗？我马上又觉得不太现实，还不如好好看看溪水里有什么宝贝吧。

和忙着互拍人像的姑娘们打过招呼，我就深一脚浅一脚地进入草丛，来到溪沟边，只见里面的溪水汩汩流着，清澈见底，似乎什么也没有。

我不死心，顺着溪流慢慢走，睁大眼睛，在水草和石块的缝隙里慢慢看。突然，有什么从我脚边的石块上，扑通一声跳进了水里，待水波平息后，我看见一只硕大的蛙类，趴在水底一动不动。这是一只隆肛蛙，清晨仍是它的最佳觅食时间，它其实并不胆小，我快踩到它时，它才从容跳进水里避险。

我远远拍了一张照片，继续顺着溪流往下走，周围全是没过膝盖的蒌草，但是这一段蒌草已不能占据整个视野，继续顽强开着的花朵，在倒伏的黄色中挺立着，格外鲜艳。难怪现在的空气，已不只是冷冽，甚至不只是蒌草的破败味，而是多了柔和的花香，我深深地吸了一口，想借此把肺里的空气更快地置换出来。我实在不喜欢潮湿的枯草味，它们不像干谷草的清香那样令人愉悦。

　　接着，我发现了蜉蝣稚虫，于是小心地下到溪沟里，踩着软软的泥土，试图拍到清晰的照片。当我通过镜头在水下搜索蜉蝣稚虫的时候，余光里发现什么东西动了一下，我几乎是条件反射地移动镜头、对焦、按下快门，在这一瞬间，我看清楚了目标，是一只小鲵。来不及思索，在它躲进石缝的瞬间，我连续按下快门，终于捕捉到了它奇特的身影。这是小鲵科巴鲵属的种类，大巴山脉溪流里的巴鲵属有两个种类，这是其中的施氏巴鲵。

　　后来才知道，在我拍摄巴鲵之前，其他同伴就已经发现了溪流中有"小型娃娃鱼"，还在招呼我去拍摄，可我走得太远，没有听到。看来，溪流中的巴鲵密度还不小。

　　十点左右，王继把散落在草地上的人们收集在一起，队伍出发了。

　　山上即将迎来暴雨的消息，让大家都觉得应该尽早下山。试想一下，如此险峻的山岭间的行走，如果再遇到瓢泼大雨，会更加艰难。

　　昨天上山的时候，大家有说有笑，气氛非常轻松愉快，毕竟不知道后面行走的艰难。但今天的出发，大家都有点严肃、有点沉默，是知道这一天的路不会轻松，而且有可能在下山途中遇到大雨。昨天兴高采烈出发去秋游，今天竟变成了近似逃亡的匆匆赶路。

"我们有点像逃亡啊……"有个姑娘感叹了一句,我已经不记得是哪一位了。

走在她前后的人"轰"的一下笑了起来。早晨整个团队预设的紧张赶路局面一下子就破功了。

立即有三个女士离开队伍,跑进了草地,采起花来。

"你们这是要献给我吗?"王继远远地喊到。

"献给我们自己。"她们连头都不回。

看着她们的身影,我突然想起了什么,喊到:"快回来,就在路边采!"

没人理我。

这正是蓑草传播种子的季节,很多种子都有各种免费搭车的精心设计,让经过的动物把种子带到更远的地方去。有的设计了小挂钩,有的设计了黏性很强的液体。其结果就是她们回到路上的时候,全身挂满了各种草籽,有的估计数以千计,五颜六色的草籽,就像草地给她们慷慨地发放的勋章。

走过草地,进入树林。树林里有人影闪动,原来,有人在捡蘑菇。

我们好奇地走近,看了看他们的收获。用一些塑料口袋装着,都敞着口,方便再放进去。看了一下,原来他们只采一种土黄色的蘑菇。

这就有意思了,进入树林后,我拍到了五六种蘑菇,其中至少有两种是常见的食用菇。为什么他们只采这一种?

"你们采的什么菇啊？老哥。"我搭讪了一句。

"松树菌！"采菇人笑呵呵地说。

他是从山下专程上来采这种菇的，我们聊了一会儿，包括天气。他非常肯定今天是不会下雨的。

当地人说的松树菌，一般叫松菌或松乳菌，属于红菇科，是著名的美味菌类，价值很高。但是，松菌的菌盖上面，会有明显的同心环带，他采的菇却没有。

幸好，我拍了他采摘的菇，这个疑问，后来才能解开。原来，他采的不是松菌！而是大名鼎鼎的蜜环菌。蜜环菌属白蘑科，喜欢在晚秋后簇生或丛生于阔叶林的树桩或树根上，其他特征也和他所采的蘑菇对得上。之所以说它大名鼎鼎，是因为它和天麻有着微妙的共生关系，有蜜环菌的地方，才会有天麻。那么，早几个月来这片林子，我们完全有可能碰到野生天麻。

又走了一阵儿，我们穿出了树林，这一段路，其实是在不同层级的小片草地之间穿行，身边多是灌木。

可能是听采蘑菇的老乡断言今天不会下雨，又早过了午饭时间，大家都感到又累又饿，就都停下了脚步。讲究点的，找石块坐下休息，不讲究的，干脆找干燥的草丛或就在泥地上直接躺下。我数了一下，不讲究的人多达五个，应该都是相对体弱的。我好奇地学他们，也直接在泥地上躺下，还别说，很舒服呀。最令人意外的是，地上居然不冷，可能在我们到达前，这一带出过一阵儿太阳，把地皮晒得略有暖意。

　　这时，向导的声音远远传过来："过来吃野葡萄！吃猕猴桃！"

　　我翻身而起，兴冲冲地往那边跑。跑的时候，回头看了一下，那几个人根本就没动弹，像五根躺得很舒服的木桩。云影正从他们身上快速掠过，太阳光也在从远处慢慢移过来的路上。

　　向导说的野葡萄，看着很像北方的山葡萄，为什么说是北方的呢，因为南方特别是西南并无山葡萄的分布。我摘了一粒放在嘴里，浓烈的果酸味从口腔迅速传遍全身，解渴能力太好了。

　　野生的猕猴桃，已到了成熟的时候，看着他们踮着脚尖摘藤上的，我抓着另一根藤使劲一晃，就有些果子落下来。这是人家教我的，能晃落的是熟透了的。如果再晚些时候，它们自己就会掉下来。和野葡萄比起来，猕猴桃的酸味弱，芳香可口，聊以充饥。

　　老周又有新发现，他捡到了不少核桃，从附近农家借来了木锤，开心地砸了起来，一边吃还一边分给大家。我在农家的屋后，又发现了四照花的果实，此处树木低矮，很方便采摘。我摘了几粒，试吃了一下，略有涩味，甜度弱，不算好吃。怪不得虽在人家附近，果实累累却无人理会。

　　野果餐之后，我拍到了一种有意思的野花獐牙菜，一只有意思的蛾类锚纹蛾，又眯着眼看了一阵儿灿烂的阳光，才如梦初醒，赶紧提着相机，回到刚才路过的一处花海。果然，此处阳光下必有蝴蝶飞舞，仔细看了看，有白眼蝶、斐豹蛱蝶、银豹蛱蝶，它们基本在川续断的花上停留。我试着拍了几张，但有风，蝴蝶停不太稳，很难拍清楚。一只硕大的蝴蝶飞了过来，我定睛一看，居然是一只柑橘凤蝶。想起刚才路过了不少野花椒树，柑橘凤蝶的幼虫也吃花椒，在北方少有柑橘，所以北方管这种蝴蝶叫花椒凤蝶。

拍了不到十分钟，就听得大家在喊着出发了。赶紧收好相机，拔腿往前跑，追上了队伍。

前面的路已变得陡峭，女士要靠体力尚可的男士帮助才能慢慢前行。此时已是下午五点，大家尽管很累，但天色开始转暗，只能咬着牙互相鼓励着缓缓下山。

我们这支弱旅，终于在天黑以前下到了公路上，和焦急的夏贵金会合，我看到他舒了口气，满脸喜悦。

后来才知道，我们很多人的鞋，并不适合登山，特别不适合陡峭山路下行，有三个人，回家不到一周，趾甲全掉光了。

中华双扇蕨之旅

　　2015 年，我在婆罗洲沙巴地区见到过一种奇特的蕨类，它的叶子从中间裂开，成为两片扇形叶，然后又完美地拼合回来，在空中形成一个圆形。仔细看这圆形，越看越惊讶，它的叶子外缘会以 90° 弯曲后垂下，仿佛那些粗细不等的叶脉，是从中央喷泉般奔涌而出，到达构成圆形的环线上时，恰到好处，又仿佛约好一般，整齐地纵身一跃成为悬挂的小瀑布，就像它们在共同验证某个完美的数学公式。这是上天的某个精心设计吗，在这个家族代代相传，重复再重复。

　　继续观察，才发现这种蕨新长出的叶并不这样——它们像一双小手向上举起，然后才慢慢展开，即使叶子完整了也还看不出圆形，随着继续生长，等到能量全部蓄足，才把完美的公式演绎出来。

　　说实话，我刚开始都没看出它是蕨类，和平时了解到的蕨类差异太大了，直到翻过叶子来，看到了大小不等的孢子囊群，才确认它们的身份。

回国后，立即查资料，明确了它的身份，双扇蕨属的双扇蕨，在我国的云南、台湾等地也有分布。这个属是一个神秘的家族，几乎不在大众的视线以内，除了双扇蕨，还有两个种类：中华双扇蕨和喜马拉雅双扇蕨。根据秦仁昌的《中国蕨类植物图谱》，前者分布在云南、贵州和广西，后者仅现于西藏墨脱。

自此，双扇蕨作为一个植物里的奇葩在我的记忆里刻下了印记。

几年后，我在网上偶然看到四面山的珍稀植物介绍，第一个提到的居然是中华双扇蕨。中华双扇蕨！四面山有？重庆有？我相当震惊，真恨不得马上驱车去往四面山——要是能在中国的野外看到双扇蕨属的种类，那该是一件多么美好的事情。

直到 2021 年，我才在重庆林业局的一个会议上，打听到中华双扇蕨的发现地，原来就在我经常去的大窝铺。为什么我从来没在那里见到过？心中立即生出了一连串的疑问。

五一期间，是我其他工作的一个空档，但连续下雨的天气预报让我犹豫了好几天。后来我想，寻访植物毕竟不是寻访蝴蝶，对天气的要求不太高，路滑难行，自己注意安全就行。

说来也巧，刚打定主意，昆虫学家张巍巍的电话就来了，像是知道我的计划一样，说天牛专家林美英一家来了，他们夫妇都是中科院的，五一想去四面山大窝铺。

啥也不说了，这就是缘分，我赶紧向保护区申请进大窝铺核心区的资格，终于在放假前搞定了手续。

5月2日，起床一看，天气大好，立即下楼开车，这样，比下午才能进山的张巍巍他们多半天时间。连续的雨天里，半个晴天也珍贵得很。

下午两点多，我过了飞龙庙，进入大窝铺的区域。置身于群山腹地，车窗外的空气都带着树木的清香味。我干脆把车窗全降，车速减成平时徒步的速度，慢慢悠悠地往前走，想看看路上是否有蝴蝶。

蝴蝶没看到，前面一簇簇小白花倒是显眼，感觉是溲疏，停车下去一看，果然是，正是它们开放的季节。重庆最容易见到的是四川溲疏，花瓣肉肉的很有质感，最有意思的是，沿着花瓣外缘还有一道清晰的刻痕，仿佛裁缝给每一朵花都做了手工勾边。我觉得溲疏很适合庭院种植，花量大，精巧耐看。春花的花开过后，它们正好补上空档。

每年都有拍，所以我没着急拍，一边观赏一边往前走，直到见到一枝从空中垂下的溲疏花，形态很美，我才取下镜头盖，开始了此行的拍摄。

还真是进入了白花的时段。再一次停车时，我停在了两种白花之间，从地面往上开的是血水草，从上面垂下来的我一时还不认识。

这可能是我见过的最漂亮的血水草花了：正当妙龄，初放时无风无雨，它的花瓣如同无瑕的白玉，共同组成了一团柔和的白光。

头顶的花也好看，花瓣如带着皱纹的白丝绸，雄蕊长，花柱更长，像一根高高举起的手指，仿佛带着警告的意味。一般来说，花柱都会超过雄蕊，这样来避免自己的花药落到柱头上受精，植物用这种方式获得更多异株授粉的机会。但举得这么高的花柱，是不是有点夸张了，像表演。看完花朵，再看它轮生的叶子，我很快反应过来了，原来这是长蕊杜鹃。

就在长蕊杜鹃身后，我看到了成片的大叶仙茅，只是前面都有宜昌悬钩子遮挡，看不到开花没有。我围着它们走来走去，终于找到一个空隙，那里的大叶仙茅的根部完全露了出来，我看到一朵黄色的花，逆光下金灿灿的。旁边的一丛挂的花苞更多更密集，只是还没有开放。

回到车上，沿着公路迂回而上，半山上我突然刹住车，眼睛都直了：右边靠近山坡的一侧，竟然高矗着十来根花箭，有的比人还高，花朵还裹得紧紧的，如同挺拔的长矛。

"哈，大百合，太壮观了！"我感叹了一声。

这还是我第一次在大窝铺见到大百合，四面山其他地方倒是见得多了。我下车去实地测量了一下，多数比我还高，有的在 2.5 米以上。晚十天来就好了，不，晚一周就行，这一堆大百合全开的时候，一定非常壮观。

我的计划是在大窝铺驻地溪谷附近继续野花之旅，一直等到张巍巍、林美英他们到来，我就可以跟着他们观察昆虫，然后用完整的第二天，去寻找此行的目标物种：中华双扇蕨，都过去整整五年多了，我和双扇蕨家族应该在国内相见啦。

于是，我放弃了通往下游的步行道，右拐进入一条废弃的小路，想寻找五月的野花。但是，大自然是一本复杂的书，它的剧情也远比我们预估的要复杂。在这条已经很难行走的路上，我只看见一些拍过无数次的常见野花。

我的步伐，惊起了一架"微型直升机"，它直接拉升到了空中，悬停了两次，就像在评估入侵者能给它带来多大的风险，然后，在更高的草丛中停下了。

扇山螅！惊喜中的我立刻定住了身体，仿佛时间被按了暂停键，我保持着脚步落下瞬间的姿势。足足等了几十秒，确信它停稳后，我才缓慢地朝着它转身，更缓慢地伸出相机。说来也巧，在此之前，为了拍摄一种草本植物的种子，我已经把镜头换成了 105mm 微距头，拍摄娇小的豆娘（蜻蜓目均翅亚目种类）正是它的拿手好戏。

刚按下快门连拍几张，似乎还是察觉到了危险，"微型直升机"飞走了。我赶紧回放画面，彻底把它看清楚了，前后翅都有显眼的色斑，是我常在大窝铺拍到的种类。在豆娘中，扇山螅的形体有点跨界，既有扇螅修长的腹部、小巧的头，又像山螅那样停下的时候总是展开而不是收起双翅。

我决定继续追踪这种扇山螅，一定要拍到更全面清晰的照片，最好雌雄皆有，以便鉴定出种类。

这是在从山上往下的溪流一侧，正是蜻蜓最喜欢的环境，

【豆娘之心】

暮春，豆娘似乎就集体进入了恋爱的季节，时常看到成双结对的豆娘，时而栖息，时而巡游，有时还在水面上产卵。

它们交配的姿势是相当优雅的，两只豆娘会共同构成一个心形。在蜻蜓目之外，还想不起什么昆虫能使用这么优雅的姿势。

雄性负责安全，领飞、寻找安全的栖身处，雌性就只需要随雄性翩翩起舞就行了。

我再次发现了几只起起落落的扇山螅，但仿佛收到了警告，它们都和我保持着距离，不给我凑近观察的机会。不过，难不住我，我蹲在那儿一动不动，果然有一只送上门来，还是一只雄的，因为它的尾部有一个小夹子一样的东西，那是它交配用的抱握器。差不多五分钟内，就拍到了雌雄，简直太顺利了。雄性的前后翅中部，都有隐约的色带，除此之外，和雌性并无区别。

后来请教了蜻蜓专家张浩淼，他说这就是褐带扇山螅，一种最最特殊的扇山螅，在全球的扇山螅中，就这一种雄性翅上有明显色带。

"明显吗？我怎么觉得只是隐约的色带。"我有点困惑。

"你是从正面拍的，反面看很明显。"他回答说。

原来是这样。扇山螅停留时总是大大咧咧地展开着双翅，它把翅膀收起时才能拍到反面，也很难拍到反面啊。我又打开他主编的《中国蜻蜓生态大图鉴》，翻到扇山螅，果然，他拍到了收翅的褐带扇山螅，色带非常明显。

但是雌性就难以确定了，因为同一区域内，可能有不止一种扇山螅，而扇山螅属的很多种类仅凭照片是无法鉴定的。

我以为进入了大窝铺的野花时段，实际上，我进入的是蜻蜓时段。整个下午，我发现的有意思的野花只有一种，是正逢花期的竹根七，它比近亲黄精属、玉竹属的花都要好看得多。

而蜻蜓却三步一只，五步又一只，简直把我包围了。特别值得一提的，是其中的凸尾山螅，是一个相当冷僻的家族，研究有限，在野外发现的概率也很低。我还发现了一只刚羽化的戴春蜓。其他的常见蜻蜓还有一些，我就没有浪费时间去追踪了。

晚饭前，我们终于碰上头了，也商量好了晚上灯诱的事。我破天荒地决定不参与守灯，我得好好休息，把体力留给第二天的艰苦徒步。当晚灯诱，上灯的昆虫很多，还来了一只特别罕见的盲蛇蛉。我拍了盲蛇蛉后，道过晚安，就上床睡觉了。

早餐时，听说我要寻找中华双扇蕨，管护站的领导就给我安排了一位向导小龚，他是土湾管护站点的员工，本来就要回去。

"具体的分布点知道吗？"我问。

"没见过。"小龚一脸憨厚地笑了笑，很干脆地回答。

我又详细问了一下到土湾的路况，感觉自己带上干粮，一天内慢慢走个来回问题不大，于是产生了一个小目标，不管能否找到中华双扇蕨，如果天气允许，今天走到土湾再折返。

小龚扛了一袋粮食，还提了一包补给，带着我们出发了。我们只用了十分钟，就穿过了平时边走边拍需要一小时的小道，来到溪流边。连续几天下雨，溪水涨起来了，我们要脱鞋才能过。

过了溪流，发现小道上有几只橙色条纹的蛱蝶起落，原来那里有蛙类的尸体，朝阳一晒，引来了它们。我顺利拍到了，是弥环蛱蝶，一种分布得比较广的环蛱蝶。

在等待后面的林美英一家时，我的眼睛也没闲着，四处扫描，结果从一簇蕨类的下面，发现了生长在枝叶上的两朵美丽的橙黄色蘑菇。应该是刚长出来，上面的菌盖呈半球形，橙黄色底色上还分布着同色的刺鳞，菌柄上长着绒毛。后来请教了蘑菇专家肖波，他一眼就认出来了，是白蘑科的小橙伞。

大家围观完小橙伞后，继续出发，立即发现脚下的路变得滑多了，我们进入了人迹罕至的区域。前面有两条路，都能到达土湾，沿溪水边的一条我走过，于是选择了走另一条。我们沿着悬崖边缘的小路小心地走着，有些路段，我都不敢分心去寻找植物。

虽路不好走，但景致真是极美，随处停留，抬眼看到的层层森林也极美。阳光从上面斜射下来，水雾拦腰遮住一半森林，而我们经过的岩石和大树，都长满了苔藓或蕨类植物，保护区的核心区气象和外面大不相同，格外有一种仙气。

这完全是植物爱好者的天堂，可以记录的植物太多了。我在一块岩石上，发现了一种石豆兰，高兴得大呼小叫的，小龚好奇地走回来，探头一看，笑了："这东西太多了，不稀奇！"他还真不是吹牛，接下来我陆续发现了很多。除此之外，还有七叶一枝花、玉簪花都还是很有颜值的。在一个树林里，我发现了刚开过花的虾脊兰，足足有几十棵，可以想象一下，它们开花的时候有多么壮观。

就在小惊喜不断地走着，走着，我突然就呆呆地站住了——我不知不觉地走到了一种陌生的蕨类中间，左边、右边和上方全是它，铺天盖地，占据了整个山坡。这种蕨的叶子被高高的叶柄举到空中，再从中间等分裂开，变成两个扇形。只是，它们不像我在沙巴见过的双扇蕨那样，会在边缘附近形成一个完美圆形。它们的裂口更深，网状的叶面并不紧紧地结合在一起，而是各自飞扬，自由洒脱，总之更疏朗、自然，保持着随意延展的姿态，自带一种荒野之美。

毫无疑问，这正是我朝思暮想的中华双扇蕨，就这么轻松地在野外偶遇了。和我想象的要离开主路、深入丛林、在危险的悬崖上才能找到一两棵的剧情，差距实在太大。但是，它们的气质却远远超出我的想象，给了我一个大惊喜。

"就是这个呀。"小龚又走了回来，仰着头看了看，说："每次路过都看到它们，但不知道是什么。"想了一下，他又说："我们管护的范围内没有这个。"

我们还远远没有走到小龚管护的范围。但是道路更为崎岖、湿滑，这么说吧，接下来这几百米路，我们每个人平均摔了两次，好在都有惊无险，只是弄脏了衣裤。当我们翻过这座山，又走到溪边时，后面的林美英他们已经落后很多了。我让小龚在泥地上画了个路标，就继续往前走。

小龚皱着眉头提醒我说："今天水大，不知道好不好走，不行的话，你们就到这里吧。"

此时，天色已由早晨的蓝天白云，变成了一片灰蒙蒙，偶尔还有雨点飘下来。

"看看前面的路况再说吧。"我有点不甘心。

确实越来越难走了，沿溪而行的路已淹没在水里，我们得通过露出水面的石块甚至踩在水里才能经过。最大的考验，是一条支流与溪水的汇合处，需踩着独木桥而过。雨后的独木桥看上去相当湿滑，背着器材的我很有思想负担，不敢像小龚那样几步跑过去。小龚捡了两根竹竿递给我，有了它们的支撑，我就可以慢慢悠悠地稳步通过了。怪不得独木桥的两岸，还有更多的散落在地的竹竿。过了桥，窃喜，无意间还学会了万无一失过独木桥的民间绝技。

十二点，我们终于进入了土湾管护站的区域，小道变宽变得平坦，徒步变得越来越轻松。如果只是赶路不拍摄的话，到土湾只有半小时左右的路途了。但小龚越来越担忧地不时看天，说："雨可能马上要下，如果一直不停，你们下午回去困难。因为雨会带来溪流猛涨，刚才勉强能过的地方，就有可能无法通过了。"

毕竟安全第一，我决定立即折返。如果天气变好，我们就换一条路，沿溪边回去。如果下雨，就原路返回，因为原路离溪水远，不会受溪流猛涨的影响。

其实心里很是不舍，感觉进入了四面山的一个全新的生境，就在我们的折返点，黄芩在溪流中开出无边的花朵，四照花也有好几种，我去溪边洗手时，还发现了一只硕大的臭蛙，要是天气稍好点，接下来的半天一定会有很多发现。

小龚的判断是对的，我们往回走了几百米，雨就下了下来，而且越来越大，好在准备充分，备了雨具，大家收起相机，专心赶路，虽然又不时有人摔跤，但是两个小时后，全体安全地回到了大窝铺管护站。

褐钩凤蝶之旅

　　故事要从 2006 年 7 月 15 日说起，那时我服务的报社在四面山大洪海边的一个山庄闭门开会，研究报纸改版方案。对我这样的蝴蝶爱好者来说，简直像是考验我的定力的会场，就连开会时，窗外都不停有蝴蝶飞过。到了山庄后，我不看蝴蝶，埋头听发言、写笔记，就是怕自己走神，我一向觉得自己的职业素养还是及格的。

　　第二天下午，领导们开小会，其他人自由安排，我匆匆吃了几口午饭，就提着相机溜了出去，沿着大洪海边的小路开始了我的蝴蝶搜索。白弄蝶、箭环蝶、峨眉翠蛱蝶、新颖翠蛱蝶、双色舟弄蝶，我都是在那个下午第一次拍到的，仿佛置身于一个巨大的蝴蝶园，每走十步，必有蝴蝶飞起。

　　快到五点时，我打算再走几十米就折返，这样，能在晚餐前有 10 分钟以上时间整理一下浑身是汗的自己。前方小路边有一洼积水，我放慢脚步看了看，只有几片枯叶，并无蝴蝶，才恢复正常行进。就在经过积水的瞬间，我的右脚刚落下，就有一片褐色的"枯叶"突然从脚边飞了起来，而且一片叶子在我胸前平摊成了两片黑色的翅膀，缀满明亮的黄色。

糟了！眼拙的我竟然差点踩到了一只蝴蝶。像施了定身法一样，我立刻全身收敛气息，慢慢地往下蹲，希望受惊的蝴蝶平静后，还会回到刚才吃水的地方。野外遭遇蝴蝶，其实第一眼看到是很难的，拍摄的时机，有一半以上是等着它重新落到地面或灌木上，这个我称为蝴蝶的第二落点。我们经历的世事其实也这样，错失之后，或许会有第二落点给你新的机会。

但这只陌生的蝴蝶，在我头顶来去几下后，径直飞到了远远的树枝上，一动不动了。我在那里蹲了足足十分钟，天也有些阴了，我知道它不会再落，只好换上长焦镜头，远远拍了几张。

这几张并不清晰的照片，还是能鉴定出蝴蝶的种类的，原来，我拍到的是褐钩凤蝶。其中一张半糊的照片，还成了宝贝，后来用在了我和朋友策划的《常见蝴蝶野外识别手册》里，接下来的好几年，我们从互联网上都没查到它更清晰的图片。

此后，凡到大洪海，我都会特别留意路边的水洼，希望能再次见到这种神奇的蝴蝶。我又研究了褐钩凤蝶的资料，原来，它一年只有一代，成虫生存期20多天，偶尔会到有流水的石壁或路边的水洼吸水，这是没有翅膀的人类唯一可以近距离观察它的机会。

按照拍摄日期和那只蝴蝶翅膀的新旧程度，我推算出它很可能在 15 日前一周就已经羽化，那么，以我差点踩到的这只蝶为时间基准，每年 7 月 8 日左右开始的 20 天里，才是最有可能在四面山偶遇它的有效时间。如果想拍到新鲜完好的成蝶，那还得提前到 7 月 8 日左右进山。这样的计算有点主观，算非常个人的蝴蝶观察时间窗，但以我多年观察早春蝴蝶的经验，每年一代的蝴蝶的出现和消失都极为整齐和准时，所以我很自信。

时间算出来了，但每年这个时候总是脱不开身，有一年下定了决心，结果从 7 日起连续阴雨，还是没能成行。第二年，差不多掐着时间进山，重走了当年的线路，发现路边那处水洼已消失，于是扩大搜索，发现那边还真没有多少符合条件的蝴蝶取水点。

转眼就到了 2021 年，7 月 7 日，我从大理飞回重庆，飞机上我习惯性地检查了一下自己的行程，发现差不多有一周左右的时间处理案头工作，就用平板电脑列了一个要处理的事务清单，就在冗长的单子快完成之际，冥冥中有一道闪电照进了我的脑海——明天不就是 7 月 8 日吗，我不是对自己承诺了，只要天气许可，就万事推开去四面山大洪海找褐钩凤蝶吗！我有点紧张地马上查询天气，都忘了飞机上没有网络，根本无法查询。

飞机落地后，我查到重庆未来几天都是下雨，但四面山是多云，一阵欣喜从心里涌到了脸上，终于，又可以专程去寻褐钩凤蝶了。

想到 15 年前的那个黄昏的第一个细节，已经有点恍若隔世。

8 日，大清早我就下楼往车库走。刚进车库，身后一阵巨响，豪雨骤至，为避其锋芒，我等了七八分钟才把车开出来。一路上，时雨时晴，相当于我驾车穿过了好几场浓密的阵雨，9 点钟到达四面山东门时，还好阳光灿烂，只有湿润的地面提示这里也曾有雨路过。

我放弃了当年在大洪海偶遇褐钩凤蝶的那一侧，计划从另一侧步行进长岩子，然后往珍珠湖方向走，至山顶折返，全程十多千米，全部是禁止游客进入的管制路段，重点是有多处路边水洼和流水石壁，正是爱在树冠活动的褐钩凤蝶偶尔下来的可能地点。

前一天，我已向保护区的管护站站长程烈勇报备，所以在大洪海码头避开游客，直接拐进了神秘的禁区小路。

才走几十米，就感觉自己已经进入了另一个清凉世界。金丝桃花期已到，金黄色的花朵喷吐出长长的花蕊，就像给树林绣上了金色裙边。金丝桃花无人赏识，果无人食用，反而活得自由轻松。而野生的百合就退避到了绝壁之上，把花朵垂落在空中。四面山有多种百合，这个季节开花的多是淡黄花百合。它们并不是偏爱绝壁，而是只有绝壁上的，人们挖掘球茎困难，才幸存了下来。人类来到以前，想必它们的花朵比金丝桃还要密集吧。

这条路有几处都有溪水潺潺、蜻蜓翩飞，我今天的目标是褐钩凤蝶，扫了一眼，都是拍过的蜻蜓，就放弃了，继续沿路搜索。感觉还是到得太早，树林里的温度不够，除了一两种常见灰蝶，中大型蝴蝶竟然一只也没有看到。

我干脆加快脚步，不再在树林里逗留，因为走到长岩子，会有更宽阔的路面和空地，或许，在这种阳光时有时无的天气，更能发现蝴蝶。

果然，在长岩子为起点的那条公路上（有趣的是，可能是为了保护自然调整了旅游规划，这条公路并未通车），蝴蝶起起落落，格外忙碌。

我此行有明确的目标物种，所以对曾经拍摄较多的蝴蝶一律放弃，径直从它们中间穿行而过，有极好机会的顺便拍一下，并不恋战。往前走了约一千米然后折返，并无褐钩凤蝶，有点失望，勉强打起精神，仔细地把这个区域的蝴蝶一一打量。

一只硕大的弄蝶，引起了我的兴趣，它的体型甚至大过有些小型蛱蝶。它可机敏得很，本来在路边吃水吃得挺欢，每当我和它的距离缩短为两米内时，它会立即拉升到空中，还发出笨拙的翅膀扇动声。这是弄蝶特有的声音，所以，我有时候不回头也会知道有一只弄蝶飞到我的身后了。

几个回合过去了，我成功地接近了它并拍到照片。放大回放，确认是蛱型飒弄蝶。飒弄蝶属的有几个物种，外型几乎一样，区分它们全靠前翅正面的白斑。蛱型飒弄蝶的前翅中室端斑明显小于第二室的白斑，类似的还有西藏飒弄蝶，区别两者又要看另一组白斑。区分它们的细节，如果不是喜欢蝴蝶，就会觉得相当枯燥，但是喜欢的人，就会迷恋这些上天给出的密码，就像研究它们携带的族徽一样既深奥又有趣。

程站长笑呵呵地看了一会儿忙碌的我，提醒我石桌上已准备了开水，一会儿和他一起吃饭，就忙自己的去了。管护站没有食堂，护林员是分成小组，轮流弄吃的，食材和佐料也是搭伙小组成员自己准备。

吃饭前，我又拍到了珍贵妩灰蝶和黑脉蛱蝶，这两个都是我在四面山常见到的旧友，虽然常见，每次见还是挺兴奋的。

和程站长一起搭伙的两个女护林员，都是我上次来长岩子时见过的，菜很简单，但非常美味，蘸水的调料配得特别好，我吃了两碗米饭后，自己打住了——吃得太饱，下午的爬山可能够呛。

半小时后，我走进了从长岩子至珍珠湖那条小路。去年8月下旬，我在这条路上参加了堪称奢侈级的蝴蝶盛会，一天拍到七种从未见过的蝴蝶。从季节上说，7月上旬，其实比8月下旬更好，但是今天天气差多了，我不敢抱太大指望。

走着走着，一只知了笨重地仰面摔到地上，翅膀微抖，细细的足徒劳地向着天空划动。没看到外伤，不知道它是受到致命攻击，还是完成了繁殖任务，天命已尽。正观察着，突然看见两只胡蜂从天而降，俯冲向知了，肆无忌惮地从尾部开始切割它的身体。胡蜂来得这么快，难道是尾随而至？甚至，之前是它们用尾刺攻击了知了，让它中毒从树上掉下？在没有发现任何证据，也没有看到类似的观察记录的情况下，这只是一种大胆的猜测。

知了痛苦地划动着足，无力挣扎。我很想赶走胡蜂的，但长期的野外观察训练，让我明白最好克制住自己的心软，一边是即将死去的知了，另一边是等着哺育的胡蜂宝宝，上天的安排是让它们互相制约，共同形成丰富、神秘的自然。

我告别了这微型的屠杀现场，继续寻找蝴蝶，山脚下这段路，光线很暗，我只看到破旧的几只黛眼蝶在树林间飞着。

为了让没什么发现的我，不至于打起呵欠来，我随手拍摄了一些昆虫和植物，包括一朵小菇属的蘑菇。很快，我就来到了山腰，这一带的石壁潮湿，常有水流，也算林窗，头顶上能看到明亮的云团，是最有可能吸引褐钩凤蝶的地带。

我一步一步走着，汲取了 15 年前差点踩到褐钩凤蝶的教训，几乎是十厘米十厘米地扫描着石壁。这同样是一个枯燥的工作，因为整整一个多小时里，我什么也没发现。身边越来越明亮，阳光开始若有若无地投射下来，我的头皮都感觉到了明显的热力，这好转的天气给了我很大的鼓励，我继续一行一行地阅读着无边无际的岩壁之书。

突然，我发现左前方岩壁下方的泥土里，有什么不易察觉地抖动了一下。我把目光锁定在那里，小心观察。在那落叶和石块混杂的地带，我看到了蝴蝶，是一只翠蛱蝶，后来确认是捻带翠蛱蝶。不敢靠得太近，我远远地拍了一张。果然，我也只拍到这一张。敏感的它已被我惊动，迅速飞起，然后向着树林里扑去。我又检查了一下那一带，碎石块上没有其他蝴蝶了，但有不少蜂类和蝇类停留，说明这里有能吸引它们的东西，如腐烂的果实或落花等。

我找了一个能藏起身影的地方，在一块石头上坐下，把自己埋伏起来，这只翠蛱蝶必定会回来的。

我早就习惯了这种埋伏，坐在那里，像一块石头、一截树干，看着阳光的光斑在前方跳舞，听着远近的鸟鸣和蝉鸣，只有在这种时候，你能明显感觉到自己的心跳，就像有个敲钟的人，在身体很深很深的地方，不计报酬也无须鼓励，只是忠诚地一下一下地敲着，给全身带来微弱的震动。他已经敲了50多年了，而我只给他写过一首诗。

那只翠蛱蝶，在我坐定10分钟后，果然回来了。它仍能感觉到环境的变化，不知它凭借的是什么，但它就是知道，所以，只停留了几秒钟又飞走了，我缓缓举起的相机，还没来得及对焦。正收回相机，准备把它依旧放到自己的膝盖上时，我突然看到了另一只翠蛱蝶，它的后翅有着一对耀眼的黄色斑，我不假思索，立即重新举起相机按下了快门。太神奇了，我都不知道它是什么时候飞来的，这是一只蛾眉翠蛱蝶。这种蝶多型，有些有黄色斑，有些没有。

不知道今天是什么情况，蛾眉翠蛱蝶也很快飞走了，再没回来，前面那只捻带翠蛱蝶又回来两次，但只是绕飞两圈就离开了，不像要吃东西，倒像是对偷窥者的抗议和挑衅。

这样对峙了40分钟，天更阴了，想着还得继续寻找褐钩凤蝶，我决定认输出局，离开这个绝佳的拍摄点。

思考了一下，从大洪海码头进来的路上，有几处相对开阔的林窗，路边有水洼，也应该是不错的蝴蝶落脚点。我急急地穿过树林下山，想趁着天色还早，在下一波阳光洒下来的时候，赶到那一带去。

即使走得急，我还是能注意到小路两边的动静，有一处落叶忽然震动了一下，又恢复了平静。我熟悉这种震动，落叶下应该有蛇，其实是受我脚步惊动，它飞快地钻进落叶然后一动不动。这个过程，反映到我的视线里其实已经是最后一个环节，落叶堆的突然一动。

我就在有动静的落叶不远处蹲了下来，保持着安全距离。我像刚才蹲守蝴蝶一样保持静止，死盯着前方，几分钟后，一条颈部带着黑色箭形斑的花蛇慢慢溜了出来，小小的蛇头上一对明亮的大眼，相当可爱。我愉快地按下了快门，这是一条大眼斜鳞蛇，无毒，绝技是能像眼镜蛇一样竖起身子，颈部变得又扁又大并发出呼呼的声音。注意到它的斜鳞后，我捡起树枝想挑逗一下它，让它表演斜鳞蛇的绝技，结果它矜持而缓慢地无视我的树枝，钻进了前面的石堆里。

我继续执行计划，转移到了那段水洼多的小道上，但是什么也没有，连之前密度很高的翠蛱蝶也没有。守了半小时，仍然见不到蝶影。林间水潭里，发出咚咚的悦耳声音，但就是看不见蛙。我录了个视频，发给熟悉两栖动物的罗键兄，他回复说是仙琴蛙，这种蛙喜欢在水边的泥埂上挖穴做巢，然后躲在穴洞里鸣叫，由于穴洞的共鸣效果，声音才更为特别。原来是这样，怪不得找不到它们。我只好悻悻地离开，继续思考如何寻找褐钩凤蝶，既然大洪海找不到，为何不去别的地方？四面山类似的地点有很多。

在停车场，我取回车后，立即调头往水口寺方向开，我想起了一条悬崖上的公路，是我们以前常去的拍摄点，只是不知道那些岩壁上是否潮湿，路边是否有水洼，于是在投宿我喜欢的竹里馆民宿前，先去了这条路，天色已经有些暗了，不见蝴蝶，但岩壁上时有水流，路面上还有落叶和腐烂的浆果，应该是寻蝶的好地方。

次日晨，好友寒枫赶来和我会合，一起寻找褐钩凤蝶。他本名宋爱国，北方汉子，生活在重庆江津区，拍摄四面山的风景和动植物，成了他最热爱的工作。

我们前一晚就讨论好了搜索线路，一共三条：大窝铺步道、飞龙庙步道和我想去的悬崖公路。讨论时，我还开玩笑说，如果三条线跑完，还找不到，我就收起这个念头，不再主动寻找这种蝴蝶了。

上午九点过，我们进入大窝铺的峡谷，时间还有点早，整个山谷笼罩在山峦的阴影里。

不见蝴蝶飞，其实也可以拍蝴蝶的，因为中小型蝴蝶就待在灌木丛里。你如果能找到它们，它们会比阳光充足时更迟钝、更好拍。

我找到的一只矍眼蝶，就是这样，被我惊动后，只是飞到另一个枝头，继续保持不动。平时，矍眼蝶都是小疯子，毫无理由地在灌木和草丛中乱飞，停留几秒，又继续乱飞，拍摄者很难获得机会。这只大波矍眼蝶，还是我没拍过的，我们两人都很轻松地拍到了。

好运气仿佛一下子用完了，接下来的一个多小时里，我们再也没有找到蝴蝶，我懒洋洋地拍着肉穗草之类的小野花，寒枫兴致勃勃地拍摄菌类——他对蝴蝶远没有我痴迷。

十点半左右，我们到达第一个目标点，这里山谷变得宽阔，溪水平摊在宽阔的河床上，形成了多处潮湿区域和水洼。这是整个山谷最吸引凤蝶的地方，我们曾无数次在这里拍到蝴蝶、蜂类以及各种甲虫。

此时，太阳从云的缝隙里露了出来，脸被晒得火辣辣的，心里却高兴得很，必须这样的阳光，才有可能驱使凤蝶来到河床上。

我们来到这里的时候，河床上只有三种蝴蝶：红基美凤蝶、飞龙粉蝶和黑角方粉蝶。但接下来的一个多小时里，有十来种蝴蝶陆续抵达，供我们从容观赏。

飞龙粉蝶，看着很像菜粉蝶，但个头更大，翅更宽阔，前翅正面的黑斑状如游龙。这是一种很难拍到的粉蝶，也容易被初学者忽略。其中一只贪婪地吸食河床上鸟粪的飞龙粉蝶，可以随便靠近拍，它根本不予理会。

在溪流对岸，我发现一丛正在开花的悬钩子，从一棵树上瀑布般地垂落下来，数十只蜜蜂在那里忙碌，共同发出一种轰鸣声。上面的粉蝶、弄蝶也不少，数量最多的是斑星弄蝶，我仰着脸，慢慢观察，发现其中一只弄蝶非常陌生。它只在瀑布的顶端停留，不像斑星弄蝶那样上上下下地巡飞。

等了很久，它终于飞到相对低的一组悬钩子花序上，我赶紧举起相机，对着头顶一阵狂按。后来才知道，我是多么幸运，这是这几年才刚发现的四面山特有新物种：四面山窗弄蝶。除了此山中，你在全世界见不到它的身影。

从悬钩子瀑布回到河床上，这里的凤蝶种类已增加到3种，除了红基美凤蝶，还飞来了巴黎翠凤蝶和碧凤蝶。其他的蝴蝶还有网丝蛱蝶、尖翅银灰蝶、白蚬蝶等。就在这个观察点，我们见到的蝴蝶种类已超过20种，这是一个惊人的数字。这是多么完美的观蝶，我兴奋地跑来跑去，几乎忘了我的目标蝴蝶仍不见踪影。

　　在蹲守的时候，我们利用时间的空当吃了点干粮，然后转移到飞龙庙的第二条搜索线路上。这条线路是溯溪而上，有非常好的步道，道路两边都是杂灌，并没有我预计的岩壁，溪水旁倒是不时出现浅滩区，但很难从步道下去。

　　我加快了步伐，想到前方去寻找更合适的观蝶点，寒枫从右边伸手拦住了我，我在惊讶的同时，立即反应了过来。就在我的左前方，一对正在交尾的麝凤蝶正在空中费劲地飞着，估计是惊动了它们，才很不情愿地转移到安全地带。这是一对灰绒麝凤蝶，它们停了好几次，姿势都非常优雅，比蛱蝶雌雄头部各朝一方的交配姿势好看多了。

　　这条道上，还拍到了一种我从未见过的颜值很高的锦斑蛾，它的前翅的铜绿色带着金属的光泽，翅的中部有黄色斜带，构成一个 V 字。这种蛾，我这次进山来一共见到三次。请教了蛾类专家，竟然很可能是新物种。后来才知道，四面山森林资源服务中心的张超，连续三年寻找它，却从未谋面。进山前，我还约了他，他时间没调整过来，结果错过了这个目标。

　　我们还花了一点时间采摘悬钩子的果实来改善吃干粮的不适，效果很好，吃完口腔和咽部都舒服多了，野外的这类福利还是挺多的。

　　就观察昆虫来说，这是一条非常棒的步道，但我惦记着褐钩凤蝶，走了 1 千米多，见环境不对，就叫上寒枫往回走，剩下的时间，我想全部用在悬崖公路上。

下午四点，我们的车开进了悬崖公路，虽然仍有阳光，但一路上并没见到蝶飞，两个人都默不作声。车开到折返点后，驾车的寒枫让我只管一路拍，他来边拍边驾车往回走。

才走几十米，我们就发现刚才车上所见景象并不真实。实际上，这一路的中小型蝴蝶非常多，它们多在灌木中起落，要凑近才能发现。不一会儿，我就拍到了五六种蝴蝶，其中有两种是我没见过的，收获不小。

拍摄中，我惊飞了一只翠蛱蝶，它飞到一根杉树枝条上停留了。寒枫把车开过来，我打开车门，站上去，借助车的高度完成了拍摄，这是一只西藏翠蛱蝶，四面山的翠蛱蝶种类真是太丰富了。

天空变暗了一些，可能云层增厚了，不过，对寻找中小型蝴蝶并无太大影响，我们继续沿着公路搜索，这个过程中，我特别留意潮湿的岩壁，看了又看，因为褐钩凤蝶和岩壁的颜色非常接近，容易漏看。

我们的搜索接近尾声，准备上车离开。寒枫看出了我的不甘心，说驾车到前面等我，让我再多搜索 100 多米。

于是，我一个人睁大眼睛，又走了起来。走得很慢，心中也很困惑，这就是最适合褐钩凤蝶的地方啊，距离树冠很近的开阔地，带着细小流水的岩壁，又是它们刚羽化的时候，为什么两天搜索，却没见到一只？

时间已接近下午五点，我走到了几个蜂箱附近，忽然看见一只翠蛱蝶模样的蝴蝶在飞，几个来回后，它先在岩壁上的金丝桃枝叶上斜着停了一下，然后又飞了一圈，悠悠停在我前方的高高枝条上。

是什么翠蛱蝶呢？我有点好奇，双手高高举起相机，对着它停留的位置盲按了一张，收回相机，低头察看，突然，我的心狂跳了起来——这哪里是翠蛱蝶，明明就是我苦苦寻找的褐钩凤蝶啊。

我几乎是本能地慢慢蹲下身子，把自己藏在灌木丛下。我已判断出是寒枫的车，惊动了在这一带吃水的它，它飞起来时正好被我看见。只要我藏好，它很可能会再下来，因为这里很开阔，不像 15 年前和褐钩凤蝶狭路相逢时，给了那只那么大的惊吓。

不知道过了多久，可能有 5 分钟吧，褐钩凤蝶果然潇潇洒洒从树枝上飘下来，在空中兜了一圈，就朝着我的右前方落了下去，消失在我的视线里。

它停下了！我不敢起身，干脆贴着地面，一手举着相机，一手作身体的支撑，继续以灌木为遮挡，慢慢爬到它落下的位置附近，我轻轻拨开灌木的枝叶，很容易就看见了——它就停在细细的水流里贪婪地吸着。我保持着爬行的体位，让自己从公路下到沟里，先把身子贴靠岩壁上，再慢慢向它移动，一边不时按下快门。在获得理想的机位后，我狂拍了十多张，浑然没注意到因为紧贴着有流水的岩壁，我的胳膊和衣服，已全是泥水。

这组照片的唯一遗憾，是前景太乱，我不再拍摄了，只是很幸福地看着它，它比我想象的更好看，也比我在网上搜索到的生态图更好看，毕竟，拍到它的人很少，多数要么蝴蝶残破，要么不够清晰，而它，刚羽化的它，正处在一生中最美的时候。

我正在犹豫，要不要换到另一边再拍一组，褐钩凤蝶就飞了起来，贴着石壁飞了几个来回，又停下了。两个位置非常近，我继续贴着石壁移动，很快又到达了理想的位置，此处环境很干净，我心花怒放地又拍了好几张。

接下来，我想用手机拍几张照片后，再拍点短视频，因为它的长喙一直在流水中扫来扫去，像在搜索着什么，看着挺有趣的。但又想到，寒枫还没拍，用手机会靠得很近，容易惊飞它。

我贴着石壁慢慢往后退，几乎是用同样低矮的姿势，回到了灌木丛的背后，然后给寒枫打电话让他回来。

"蝴蝶在哪里？"几分钟后，寒枫茫然地看着我手指的方向。

"你看，就是那块岩石，上面有一层碎石，就在中间接近碎石的地方。"我说。

"我看见了，太不明显了！"寒枫感叹了一句，就想从右边包抄。

"还是从我刚才过去的路线比较好。"我劝阻道。

"你那是逆光方向，阳光的影子会惊飞它的。"寒枫眯着眼，说着，一边慢慢从公路往沟里走。

我退后几步，尽量减小干扰。就在我退到公路中间时，发现褐钩凤蝶竟然飞了起来，同时，听到了寒枫"哎呀"的一声。

原来，他只顾注意目标，下去的第一脚就踩空了，身子晃了一下，差点摔倒。凭借这个史诗般的失误，他彻底错过了这只褐钩凤蝶。

一边安慰他，一边看了一下这两天的徒步记录，我整整走了 34 千米山路，远远超出自己的估计，还好，我获得的结果是史诗般的成功，只是，过程像电影一样曲折。

大窝铺奇幻录

"你今年去过大窝铺吗？"八月快结束的时候，张巍巍突然问我。

"没有。"我说。事实上，连四面山我都没去，而大窝铺是四面山自然保护区的核心区。

我们两个沉默了一下。

在很长时间里，四面山我们每年都去，还不止一次，而大窝铺是考察的重中之重。我的大窝铺打卡早就超过了 30 次，他也差不了太多。近几年，巍巍对婆罗洲物种产生了浓厚兴趣，每年从春天开始就几乎待在那边。我也开始对西双版纳进行连续考察。还有一个重要原因，是保护区的管理措施越来越严，进核心区更需严格审核，像以前那样说进就进的便利已经没有了。

"张志升想去大窝铺找蜘蛛，要不要一起？"张巍巍补充道。

"好啊！"我想都没想就答应了。张志升是著名的蜘蛛分类专家，我们曾一起去重庆的缙云山、王二包考察过，在那些徒步中，志升为我打开了奇妙的蜘蛛世界，让我了解到很多有趣的知识。而当他进入奇幻的大窝铺，可以想象，这个我们无比熟悉的地方，一定又会因他解锁神秘的新空间。

对，我说到了奇幻这个词。对于热爱自然的人来说，大窝铺确实称得上奇幻。我每次去大窝铺，必定会看到从未见过的神奇物种，30多次去，从无例外。很多难得的景象，也是在大窝铺首次见到的。如果要列清单，那会相当长：夏夜闪闪发光的萤火虫群落，洞顶悬挂的菊头蝠群落，五种以上蝴蝶聚集的溪边蝶群……还有意草蛉、蛇蛉、阳彩臂金龟等让我狂喜的昆虫明星。

几天后，联合考察队在四面山森林资源服务中心办好手续，驱车直奔大窝铺。

天色变暗时，大窝铺管护站前的空地上，三个灯诱点同时亮起了灯光，各路人马非常珍惜这难得的考察机会，都匆匆用完餐守在灯下，看看有没有贵客从高高的天空飘然而至。

我也在灯下守了一会儿，看见张志升的团队打着手电外出，赶紧跟了上去。搞蜘蛛的善于掘地三尺，让藏得很深的小妖们现出原形，我可不能错过这样的机会。

在大窝铺夜观，有一个规律，距驻地百步之外必有异物。可能百步之内太受灯光等因素干扰，羞怯的林中精灵，习惯了和人类保持百步以上的距离。

果然，走满百步，我们朝着小路两边扫射的电筒光线都各自捕捉到了目标。我在树干上发现了一只袖蜡蝉，这是我喜欢拍摄的物种。袖蜡蝉属的种类有着共同的特征，那是一个非常尴尬又奇妙无比的组合：身体长得像小丑，身后却插着一对轻盈无比的天使翅膀。

刚拍完袖蜡蝉，我用手电顺便扫了一下它的四周，结果在它的侧后方的高处，发现了一只大型蜻蜓。定睛一看，吃了一惊，原来还不是常见的那几种。可惜，它停的位置太高，镜头够不着。我急得团团转，几乎想动手把高高的树枝直接拉下来。还好，在脚下找到一处稍高的土包，软软的，我小心地站上去。再把双手高举，对着蜻蜓一阵盲拍，然后收回相机察看。如是反复几次，终于拍到一张清楚的影像——竟然是极难在野外碰到的黑额蜓，因为只能拍到正面，具体种类就没办法辨识了。黑额蜓属的蜻蜓，生活习性简直像世外高人，山间水洼偶见，极为谨慎，晚上喜欢停在树梢休息。

我们各自拍完后，简单交流了一下，继续往前走。走在我前面的张巍巍，突然发出了"咦"的一声。我太熟悉他的习惯了，他见多识广，看到很多明星物种也只是很平静地指给我们看。如果他情不自禁地"咦"一下，说明有很意外的东西出现啦。

我两步并作一步蹿到他跟前，他的手电光停留在一丛灌木的高处，那里，一条蛇正极为流畅而优雅地往下游来。看见我举着相机已到位，巍巍用抄网的杆拨开前面的树枝，把蛇亮出

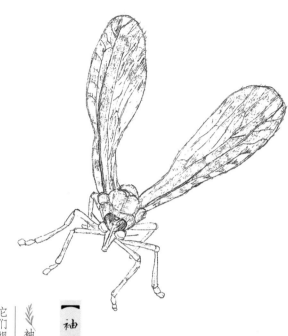

【袖蜡蝉】

袖蜡蝉有着夸张的长翅、不起眼的头和身躯。这样的搭配使它们视觉上有一种戏剧般的效果。不过，想要在野外找到它们，并不容易。因为它们特别爱躲在叶子的下面。

为了找到袖蜡蝉，我这个高个子，可真是吃够了苦啊，比别人更困难地弯下腰，动作小心地从目标植物由高到低，一片一片翻开树叶。令人安慰的是，我找到的各种袖蜡蝉还真不少。

来，我没有错过这个瞬间，一连按了好几张。那条蛇受到惊扰，立即改变了方向，转身朝着灌木丛深处溜去，像一条鳗鱼灵巧地消失在珊瑚礁里。

张巍巍还想继续追踪，我担心是毒蛇，赶紧叫住了他。平静下来的我们，看了看影像，确认是游蛇科的无毒蛇。后来进一步确认是黄链蛇。

已经记不清，这是在大窝铺偶遇的第几条蛇了。但偶遇上一条蛇的过程我还记得特别清楚。

那是5月的一天，午后，我们沿管护站步道顺溪水往下走，走到一个开阔地带。骄阳似火，我们在到达管护站的一个监测点时，集体进屋休息，避一下烈日的锋头。

我感觉体力尚好，就没有坐下来，而是直接走到屋后，在屋檐的阴凉中四处查看，碰碰运气。

刚站定开始观察，就有了发现。草丛中，有一堆泡沫在不正常地抖动。那应该是雨蛙留下的卵团，无雨无风，为何乱动？

我警觉地悄悄靠近，踮起脚一看，原来如此：一条身体缠绕在枝干上的腹链蛇正在快乐地享用美餐，它的整个头部都埋在卵团里。我保持着一动不动的姿势，等待机会。几分钟后，卵团被它吃出个大洞，它的头部露了出来，我才举起相机拍摄。快门声音可能惊动了它，它不快地伸出头来，看看谁这么大胆。

我本能地一边拍，一边后退，免得它的头碰到我的镜头。

然后，我回到屋内，让大家也去观赏，但他们回来后，说它已经溜走了。

我们回到灯诱点时，布上已挂满了从山谷里涌出来的各种昆虫。我挑了一些物种来记录。

一种是大茶色天牛，这是川渝地区才可能看到的大型天牛，翅端有一对边缘不整齐的斜纹，翅中有一对小眼珠似的点斑。

另一种就更有意思了，屏顶螳。屏顶螳家族头顶都有着一个夸张的角，仿佛是某种神圣地位的象征。它们的头部特写拍下来，有一种特别的惊悚效果，让人仿佛看到地狱恶魔的影子，但它毕竟如此娇小，娇小到对人没有任何威摄力，所以它夸张的造型只是看着有点顽皮罢了。

毕竟是八月底了，我们已经错过了大窝铺最好的七月，灯诱的效果不太令人满意。我决定在凌晨一点前休息，这样，第二天的体力会更充沛。

午夜的时候，我在灯诱点附近的草丛中发现了一只蚊褐蛉，它长得很像大蚊，但有着褐蛉一样的口器，遗憾的是，我从来没有观察到蚊褐蛉的捕食，不知道和褐蛉是否接近。

张志升他们最后才回到住宿地，采集的标本不少，还真有从泥土里扫荡出来的东西，比如，一只地蛛。他们友好地展示给我看，我印象极深的是一只硬皮地蛛的雌性，它全身黄褐色，螯肢粗壮且深色，像一个强壮的女武士。硬皮地蛛居住在土坡上，筑有塔形的巢穴，我暗暗记下了，一定要找机会看看它们的塔巢。

第二天，我醒得比较早，先去灯诱点观察了一下，早餐似乎还有些时间才开始。我索性背着手朝林子里走去。

这是大窝铺最美的时候，天空明亮，光柱一根根整齐地斜插进森林，我感觉自己走到了一个巨大的竖琴下方，不禁仰起脸打量那些光柱，太迷人了，穿过稀落枝叶的光柱仿佛绣花柱子，而穿过雾气的光柱像在旋转——那些水雾原来并不是平行升起，而是旋转着上升，仿佛光柱是一个旋转楼梯，那些细小的水滴正你追我赶地在楼梯上奔跑。我走到光柱下面，一束阳光投射到我脸上，有非常柔和的温暖。

吃过早餐，我们开始徒步。上午的光线很美，连以前多次见过的物种，经过阳光的镀金，都跟着格外地美起来。我花了很多时间来拍摄，甚至不刻意寻找颜值更高或更珍稀的。阳光是最慷慨的能量束，某种程度上说，我们都是这同样的能量束的容器，甚至，也都是经它塑造，才进化出如此千姿百态的身体。我拍豹裳卷蛾，拍盗蛛，拍摄更能让我感觉到光线的魅力。

此时，蝴蝶已经很活跃了，蜻蜓也开始出现在我们四周。一只全身闪耀着金属光芒的色蟌，不知什么时候停在我的身边。我估计是在溪边工作的其他同伴惊动了它，它拉高飞行到林子里来。这是中国特有的亮闪色螅，重庆的山中常见，但特别不容易靠近。我当然不能浪费这样的机会。

拍好亮闪色螅后，我把注意力放到了蝴蝶上。四面山蝴蝶种类极多，而大窝铺居首。大约一个小时里，我观察到 9 种蝴蝶，都是之前记录过的。其中，秀蛱蝶的密度很高，我在一处乱石堆里就发现了十多只，这还是第一次看到秀蛱蝶群聚，印象中这是一种喜欢单飞的蝴蝶。

坐下来喝水的时候，意外发现一只残破的曲纹蜘蛱蝶，停在我的手上。

我的手背容易出汗，这使得在野外活动的时候，经常因持相机而保持不动的左手，成了蝴蝶爱停的地方。附近的同伴，都很有兴趣地过来围观这只大胆的蝴蝶。人声喧哗，但曲纹蜘蛱蝶根本不为所动，吸着汗液的它如同闹市中的酒客那样旁若无人，只顾自己畅饮。

这是很少见的，一般新羽化的蝶，初生牛犊不怕虎，哪里都敢停留。而经历多的会非常警惕，毕竟，吃过很多亏了。老而无畏，让我觉得这只曲纹蜘蛱蝶很性情、很个性。赶紧自己也拍了几张作为纪念。

高高兴兴地享受了和曲纹蜘蛱蝶的偶遇后，我突然想起，刚才去乱石堆错过了一个重要的目标，离午餐还有点时间，顾不得众人的茫然，我撒腿就往回跑。毕竟，解释也要消耗时间。

2014 年 7 月，我在那处乱石堆拍到一只角蟾，一直查不到种名。2020 年，这种角蟾作为新种被确认，定名赤水角蟾，同年，同行在四面山也采集到活体，我有机会近距离观察和拍摄，确认是同一种。如果能再次拍到影像，应该对从事两栖动物研究的年轻同行有帮助。可惜，这一趟我是白跑了，在那里折腾了半个小时，一无所获。

午后，我的计划是记录一下这个季节的植物，所以，脱队一个人徒步，我先到溪边，想拍薄柱草的果实。薄柱草又叫珊瑚念珠草，这是一种奇特的植物，喜欢在潮湿的岩石上生长。这些年，我迷恋能在石头上生长的植物，到了如痴如醉的地步，就小景观而言，没有比长满植物的石头更美的了。只需一块，放在茶台上，立即有林下溪畔的感觉。外来的薄柱草，如红果薄柱草近年在市场上大红大紫。我一直很好奇，本地的薄柱草是否也有颜值很高的果实，在大窝铺发现这种植物后，一直未逢果期。

这次是时候了，铺满石头的薄柱草上结出了蓝莓一样的果子，甚至，比蓝莓更好看，半透明，有着毛玻璃般的质感。我觉得比红果薄柱草更耐看、更优雅。只是，花市上好卖的往往是更能抢夺眼球的，低调的植物不容易受到欢迎。

我继续沿着溪沟走，想看看还有什么特殊的湿生植物，在和我头顶齐平的石缝里，我发现了一种唇柱苣苔，不觉眼前一亮，白色的花筒上有紫色条纹，相当好看。之前，我在大窝铺也拍到过此种，但从种类最齐的《中国苦苣苔科植物》（李振宇等主编）里也没有查到，当时的花有点残破，我以为是花的特征不明显所致。这次拍到完整新鲜的，不由一阵欢喜。请教了一个专家，太巧了，他也正在研究这个物种，说很可能是新物种。那它应该叫四面山唇柱苣苔吧？

接着，又有一个惊喜，我在一处长流水的陡壁上，看到了一种特别的花，刚发现时我以为是某种捕虫堇，仔细观察后，确认是合柱兰。四面山的兰科植物我记录了不少，但合柱兰还是第一次发现。我扩大范围又寻找了一遍，结果发现它们仅出现在最潮湿的这一处陡壁上。看来对湿度的依赖是非常强的。

连续的发现让我有点兴奋，差点在溪边摔一跤。虽然勉强保持住了平衡，但腰和腿似乎有点轻微的扭伤。我只好离开溪流，去到树林下碰运气。大约一个小时后，我走进了一片盛开的红花石蒜。自从若干年前，在这一带发现红花石蒜后，这个家族就一直在扩张，从树林深处延伸到了路边，而且花朵越来越茂密。

返回的时候，我看见了轮钟花，它算是一种很奇葩的野花，重点是丝状裂开的花萼，非常别致。桔梗科出奇葩，果然，又是一例。据说，轮钟花的果实很美味，但我从来没试过，只好咽了一下口水，把此处有轮钟花暗记在心。

拍植物的过程中，还意外目睹了一个斑衣蜡蝉的群聚，以前见过两三只斑衣蜡蝉在树干的创口处集体会餐，但这一次很不一般：在滑过坡的地方露出了树的粗大根茎，长约两米，十多只斑衣蜡蝉在上面各霸一方，津津有味地吸食着。看来，这种树木是它们特别偏爱的。

晚餐之后，我彻底放弃了守候灯诱，和大家一起去夜探。

刚走过架在溪流上面的那座小桥，我就在一丛灌木中发现了一只褐蛉，再仔细一看，比褐蛉体型大，翅也不一样。

正有点困惑，张巍巍在旁边说："溪蛉！"

接着，他又在同一丛灌木上发现了好几只，而且确认是窗溪蛉。溪蛉科种类不多，研究的人也少。不过，巍巍的老师杨集昆先生，对这个小型种群有过研究，发表过 30 多个新种。从来没听说过溪蛉成群，大家都饶有兴趣地围了过来，一时闪光灯闪个不停。

张志升的团队善于寻找隐藏的精灵，继续行进了没多久，他们就在落叶下翻出一条蛇，引发一阵惊呼。我赶紧跑过去，伸头往前面看，蛇很小，金黄色带黑纹，头型有点方方的，眼睛很大，简直是我见过的最可爱的蛇。

"这是钝头蛇，牙齿细小，它吃蜗牛类的，伤不了人。"志升的弟子安慰受惊的女队员，说道。

我和另外两位不怕蛇的，都想在发现地记录这条蛇，但它非常灵动，敏捷如闪电，在落叶和草丛中往来穿梭，完全不给我机会。我们各蹲一个角落，把它围住，后面还有人防它逃走。

它的速度逐渐慢了下来，从落叶堆里被人翻出来的惊恐少了许多，游到我的前面时足足有几十秒身体不动，只吐舌头。我抓住机会拍了一组。其他人就没这么幸运了，他们很友善，没有为难它，任由它缓慢地游进草丛，消失在黑暗中。

后来，我把照片发给重庆的罗键先生，他确认这是中国钝头蛇，四面山之前没有该物种的记录。

这是非常梦幻的一次夜探，找到的明星物种太多了。

几乎在同一个地方，相隔几年之后，我们又发现了大步甲。大步甲，长得孔武有力，像是古代的铠甲武士，喜欢夜间在草丛巡猎。大步甲被称为爬动的宝石，颜值高，极受昆虫爱好者喜欢。但是像我这样只拍摄记录，不抓标本的人，接触到它们的机会实在太少了。就像这一只，只顾在草丛下面行走，完整的形象都不让我看到。还是几年前那次运气好，那只大步甲不知为什么，爬上了灌木，才给了我拍摄机会。

我们还发现了停在树干上休息的胡蝉、悬挂在树枝的蜻蜓和蝴蝶，多数没法接近，我们观赏一会儿就转身离开了。

回到驻地，被我低估的八月底的灯诱，已经是一派盛大的景象，大小蛾类给每盏灯加上了一团昏黄的光晕，布上停满了各路宾客，统统带着"我是谁，我为什么在这里"的茫然。这些数十万年来依赖星月导航的昆虫，身不由己地掉进了人类灯光的陷阱。

虽然生命平等，但宾客的地位还是不一样的，大窝铺的昆虫明星阳彩臂金龟又一次光顾，理所当然地引起围观，这是我们在大窝铺第五次目击。阳彩臂金龟，1982 年时曾被人宣布灭绝，然而，近十多年来，在全国各地都有发现，此珍稀物种也算社会性死亡后神奇地起死回生了。除了在大窝铺的多次发现，我和张巍巍还在海南岛的尖峰岭，遭遇过灯诱时的"阳彩冰雹"——十多只阳彩臂金龟连续从空中砸下来，每一只都带着呼啸的声音，我不得不双手抱头以免中弹。

臂金龟家族的雄性都有着夸张的前足，像一对大镰刀在空中挥舞，十分威武，让敌人望而生畏。即使这样，它们的生存依然岌岌可危，因为整个生存环境在发生着剧烈的变化。如今，所有臂金龟都成了国家保护昆虫，它们在我国的继续存续有了更多的机会。

我花了些时间来记录蛾类，看大家仍在忙碌，我在二十三点就休息了，准备第二天起个早，再享受一次清晨大窝铺由斜插进森林的光柱组成的美妙时刻。

但是第二天我没有去成那处森林，因为晨光中，我在灯诱点发现了很多值得仔细欣赏的物种。

挑一个我最喜欢的来说吧，在灯下的草丛里找到的那只蝶角蛉。蝶角蛉就像一只长着天线的蜻蜓，它们都有着醒目的复眼和两对翅膀。蝶角蛉是蚁蛉近亲，同属脉翅目，我国种类不多，而且只有两类：完眼蝶角蛉和裂眼蝶角蛉（主要区分是后者复眼上有一道横沟，有点像裂开成了两个半球）。

这一只正是完眼，我在野外碰到完眼家族的时候很少，总共只有两次，另一次是在贵州荔波县，所以格外心花怒放。我不敢碰它的翅膀，太娇弱了，容易留下指痕甚至捏伤。只有在旁边静静等着太阳升得更高，我想拍到有明亮背景的蝶角蛉照片，这才对得起它纤美的翅膀。当然，前提是光线足够时，它还没有飞走。

拍完后，我用过早餐，又去树林里逛了一圈回来，它还停留在原处。此时，可能它的体温起来了，翅膀完全展开欲飞，我赶紧又补拍了几张。

我们并没有直接驱车离开，而是约好了，在路上几个点停车。我们称这种沿途搜索叫且战且退。

如果有人看到我们下车后的情形，一定以为作为严密的分工，有的在草丛里用抄网扫来扫去，有的在竹林里挖出一堆土来筛选，有的提着相机东看西看。没错，我就属于最后那组。我的目标主要是蝴蝶，当然，有蜻蜓什么的也不会放过。这半天我拍到六种蝴蝶，包括我个人首次看到的玉杵带蛱蝶——它的前翅中室有一白色棒状纹，形如玉杵，有没有觉得取名的人挺文艺的？

珍珠湖的秋天

　　船从大洪海码头开出后，晃晃悠悠向前，在中途悄悄离开了到小洪海的旅游热线，向右一拐进了条支流。没有游客的喧哗，只有船的马达声，整个世界都安静了，连小鸊鷉在远处水面扑腾的声音都清晰可见。

　　这是重庆四面山，我要去的从长岩子管护站到珍珠湖的通道，是禁止游客进入的封闭区。五年前，重庆四面山自然保护区对核心区以外的四个区域也进行了封闭，此处即其中之一。

　　经申请才拿到进入许可的我，能理解这项措施，虽然每一个区域的封闭，对旅游都有影响，还需人日日巡逻，但四面山的奇异精灵们太需要这样的避难所了。2013年，我在珍珠湖边的小径发现并拍到一种陌生蝴蝶，疑似轭灰蝶属新种，因为我和朋友遍查已有资料都无此蝶身影。一年后，一位日本专家在东南亚发现并命名了这个新种。人类新发现的这种蝴蝶，我最先在珍珠湖畔拍到它的生态照片。还是在珍珠湖附近，我记录了三种瓢蜡蝉，这个类群的专家认为其中有两种不在已知的种类里，需要到实地进一步研究。四面山有着特殊的地质和植被环境，它的丹霞石构成的崖体，即使在百年难遇的干旱时，仍能汩汩涌出泉水，庇护着严重依赖溪流或潮湿环境的物种，而这些区域，并不全处在核心区。想到能进入这些避难所，观察人们保护下来的物种，我就不由得一阵兴奋。

上午九点前，我从长岩子管护站旁，进入了被贴上了封条的一条小道。正是初秋，外面的世界已有黄叶纷飞，而这里却绿枝满眼、溪水潺潺，宛如一年中最好的盛夏时光。小道很快就钻进了一片高大的树林，阳光斜斜地照进来，我仿佛置身于一架巨大的钢琴里，黑键和白键不断拂过我兴奋的脸庞。

再往前，林更密了，阳光被彻底挡在了外面，身边的灌木丛变得模糊，我掏出了手电，小心地扫描着前后左右，生怕错过精彩物种。林下野花不少，牡丹花科的肥肉草在这一带是优势物种，红红地开成了一片，它的总苞片膜质，肥肥的肉肉的，估计因此得名。

林子稀疏的地方，白花败酱获得了机会，把伞形的花高高地举起，吸引着林下的中小型蝴蝶，我略略数了一下，就有四种弄蝶、两种蛱蝶，可惜毕竟入秋了，它们的翅都有点残破。接着，我拍到两种眼蝶，华西黛眼蝶和蒙链荫眼蝶，翅膀相对还完好。

走出树林后，眼前是一个峡谷，两边均为山峰，中间却有一条溪流，右边山势略缓，小路左拐右旋，急急向上攀缘。

在上山之前，我先离开道路，去了一处瀑布下的水潭，想看看是否有什么特别的蜻蜓。刚到水潭附近，就惊动了几只艳娘，我发现至少有两个种类，一是透顶单脉色蟌，一是线纹鼻蟌。前者几乎没给我机会，一路拉高到了树上，后者就呆萌到可爱，我怎么拍它也不动。突然，一种陌生的色蟌进入我的视野，只见它全身青铜色，阳光下闪耀着金属光芒。凭经验我认为这是雄性，一般来说雌性会低调一点，正这么想着，眼前出现了一对正交配着的，一样的青铜色闪耀，构成了一个完美的心形图案。原来，这种色蟌的雌雄都如此高调！后来请教了蜻蜓专家张浩淼，确认是亮闪色蟌，重庆有分布，但数量极少。

拍蜻蜓拍到手软的我，重新拾级而上，上山远比想象的难度大，有的梯步就是整块巨石上凿出来的，非常陡峭。惯走山路的我，走着走着，也浑身汗如雨下，全身基本湿透。

一个多小时后，边登山，边沿途记录动植物的我，终于登上了山巅。这里有一石桌石凳，我放下包和器材，舒服地喝着茶，回望走过的山谷。只见一片黄叶，顺着山风潇洒地晃动着，从右边的山峰飘向深谷。我睁圆了双眼，死盯着那片黄叶，快到谷底时，它飞了起来，朝着溪谷对面的山峰而去。金裳凤蝶！有着金黄色后翅的金裳凤蝶，仿佛王者降临，让整个山谷一下子有了神采。

金裳凤蝶飞远了，我还在望着它消失的方向。这是我永远看不厌的大型蝴蝶，每一年，都会有几次在野外偶遇，但要以较近距离拍到它，平均五六年才有一次机会。我叹了口气，带好器材下山，山的这一边很开阔，远处的反光，我觉得就是珍珠湖了。

我没着急赶到珍珠湖边，那是我今天的折返点，因为一路上和我斗智斗勇的小精灵还真不少，我拍到两种眼蝶。接着，又在草丛中发现了姬蜂虻，初秋，正是它们交配的时节，这不安分的小家伙，喜欢一边交配一边飞行着采花蜜，我视野里足足有十对这样舞蹈着的新人。不过，要拍到它们可不容易，它们看似漫不经心，却小心地和我保持着一米开外的距离。

不知不觉，我还是到了珍珠湖边，安静的珍珠湖像半透明的巨大翡翠，被浓密的森林包裹着，不为外人所见。路的尽头，有"珍珠湖上码头"字样的路标牌，显示这曾是一条旅游步道的重要节点。此时，我恍然大悟，原来我刚走过的小道，是用来连接大洪海景区和珍珠滩景区的。四面山国家级风景名胜区，像一个树丫，左边是大洪海、小洪海，右边是望乡台、珍珠滩、大窝铺等。我们都习惯左右两边景区的互不相干，却不知道，早有秘密通道把它们连接在一起。穿林、登山、泛舟，这条环线非常适合注重体验的徒步爱好者，但是为了保护森林资源和水源地，管理方以壮士断腕的决心，给这条通道贴上了封条。

回到峰顶的石桌旁，差不多是一点左右，此处前有山谷后有湖，我实在太喜欢了。放下背包，取出干粮，折返上山时我顺便摘了一把悬钩子的果子，它们放在一起，颜值还挺高的。

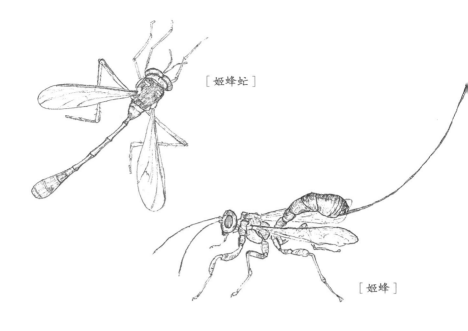

［姬蜂虻］

［姬蜂］

【姬蜂虻与姬蜂】

姬蜂虻拟态姬蜂，它狭长的腹部，与姬蜂很接近。姬蜂有着强劲的口器和尾刺，借此名头，毫无进攻能力的姬蜂虻，也就相对安全多啦。

姬蜂家族全是阴险的寄生虫，它们物色到合适的蝶蛾类、蜂类甚至甲虫的幼虫后，会把产卵器插入目标身体产卵。有些种类的姬蜂，甚至连凶猛的蜘蛛成虫都不放过，找到机会直接插进去就产卵。

我品尝着两种悬钩子果实的风味差异，眼睛的余光里，枯叶堆那边似乎有什么动了一下。20 多年野外寻访的经历，给了我特别的敏感，我马上定住自己，极缓慢地转过身朝那个方向看去——这种缓慢不会惊走野外的小动物或昆虫。枯叶里似乎什么也没有，我保持着缓慢的动作，变换角度继续观察，终于看清楚了，枯叶堆里立着一片棕褐色的叶子，它也在缓慢地移动着。黛眼蝶，而且是我没见过的种类！我在心里惊呼了一声。

我和棕褐黛眼蝶就这样偶遇了，这是四面山有记录的蝴蝶，但是在我 70 多次进四面山的漫长考察中，一次也没见到，原来它是躲在这里的。

棕褐黛眼蝶还给我一个启发，毕竟进入秋天了，我上午走过山谷时，路边的灌木草丛多数仍未被阳光照亮。现在，阳光瀑布般地倾泻而下，整个山谷像透明的玻璃房子，树林微微摇晃，雾气悠悠上升，这才是蝴蝶出现的时刻。

我提着相机，满怀期待，沿着陡峭的梯步缓缓而下，顾不上欣赏山谷的景致，只是紧张地观察着两边的灌木，弦绷得太紧，左右张望，脚下看得却不仔细，竟差一点踩到了一只灰蝶，它优雅而机敏地拉起，几个起伏，向着深谷里的灌木飞去。

我目瞪口呆地看清楚了它后翅的眼斑：这不正是七年前我在珍珠湖边的小径上看到的那种轭灰蝶吗？我懊恼极了，恨不得翻出栏杆，直奔悬崖边上那丛灌木冒险搜索。好一阵儿，我才冷静下来。只要它们仍存活于这个保护起来的山谷，总会再有机会见到的。我安慰着自己，继续向前。

仅仅十分钟后，一只被我惊飞的灰蝶，从左向右飞过小道，停在草丛里，我蹲下身来，稍稍看清后，一阵狂喜。原来，又见到了这种尚未有中文名的轭灰蝶，而且，比前面那只更新鲜完整。我控制住自己的兴奋，这样才能让手持的相机稳如磐石。我飞快地边拍边调整相机参数，在它飞走前，迅速地拍了十来张。

平时极难偶遇的蝴蝶继续出现，我相继观察到两种盛蛱蝶，它们都不是常见的散纹盛蛱蝶，因为翅的反面都有着豺纹。前一只前翅有点残，非常活跃，难以靠近。后一只是黄豹盛蛱蝶，相当安静地在潮湿的岩石上吸水，被我惊飞，在空中兜一圈，又会飞回原处，看来是太饥渴了。我小心地拍了几张就后退下来，不忍心频频打断它的午餐。

欣赏完盛蛱蝶后，我几乎同时观察到两种蚬蝶，一种我能判断是尾蚬蝶，但没看清具体种类就飞远了，另一种喜欢悬挂在草叶下方，是我熟悉的白蚬蝶。

除了我能用相机记录的之外，由于没有蜜源植物，掠过我头顶的凤蝶还有好几种，仅仅是蝴蝶，就如此密集，贴上封条的山谷小径，真的成了脆弱物种的庇护所。

有一段路，山崖裸露着岩石和泥土，恰好是蝴蝶的空当，我干脆仔细搜索起别的昆虫来。还别说，一凑近就有发现，草丛里隐藏了一个洞口，似乎有一只昆虫在里面探头探脑，我赶紧把镜头塞进了草丛。它试探了一阵儿，终于把脑袋探出了洞口，那是一只胡蜂，威胁性地露出了强悍的口器，似乎在警告我，必须赶紧撤退。原来，这小小的洞口里，居然有一个胡蜂的巢。胡蜂是群居昆虫，一旦激怒了它们，被群蜂围剿，是很危险的。我不敢多拍，缓缓把相机镜头退出，塞进去不过两三分钟，我惊讶地发现，相机的机身和我的手臂上，已经停着三四只胡蜂，估计是我挡住了它们回巢的路。我保持着姿势，纹丝不动，直到胡蜂自行飞走。

还好有惊无险，我稳了稳心神，继续工作。在一棵树裸露的根须中，我发现了一只溪蛉。其实仅大半天时间，我已在这条路上多次发现，只是没有比较好的拍摄角度。这只悬空于比我头顶略高的地方，停留的地方也不杂乱，我强烈地感到出好照片的机会来了。调好参数，安排好补光的角度，我扑上去就是一阵狂按快门。和脉翅目的草蛉、褐蛉不同的是，溪蛉的翅上不仅生有细毛，翅脉还把翅膀分成了无数薄窗。适当的光线条件下，这些薄窗会呈现彩虹般的光彩。所有的机遇都凑齐了，溪蛉出现在适当的地方，而我捕捉到了适当的光线。我拍到的溪蛉，翅膀上似乎挂上了七重的彩虹，美丽无比。反复看了几次拍到的照片，我开心得仰天大笑。

笑声还在回荡着，我却感觉有什么不对。我抬起头，小径尽头，一个穿迷彩服、戴红袖套的女护林员，正平静地望着我，一声不吭。我尴尬地收声，默默地向她走去，第一次在禁区碰到护林员，我也想好好交流一下。靠近她时，我发现树林里还有两位同样穿着的女护林员，同样平静而友好地看着我。

原来，上午我一进林区，她们就观察到了我，早会时站长通报了我的观察计划和线路，她们巡逻时就尽量不打扰我，怪不得一天下来，我竟然没有发现和树林、灌木融为一体的她们——我的敏感都放到蝴蝶身上去了。如果没有通报，我早就像别的游客一样，会被劝离禁区。

白昼梦幻般的徒步就这样收尾，我和三位护林员，在树林里坐下来慢慢聊天。秋天的树林里已有些微凉，我开始了无边际的各种打听，关于春天的野花，关于蝴蝶，关于她们的巡逻，甚至，关于她们的工龄。有两位护林员，看起来刚到中年，但实际上两三年后就要退休了。另一位因为考了技专，须再比她们多干五年才能退休。考过了技专的这位，还真是不一样，手机里有很多平时巡山时拍的昆虫和野花，有一种腐生兰花，不在我拿到的四面山植物名录中。这个山谷保护下来的，远远超过了我们的所知，她们保护着地球尚存物种的未来，其实，也有可能是人类的未来。

三位护林员友善又机敏，我没想到的是，她们聊得最开心的是，退休后离开这座山的生活。正值盛年的她们，讨论着自己人生的秋天。难道，是刚开始飘落的秋叶以及满山的浆果给了她们启发？这个山谷，放得下所有关于人生的话题。经请求，我和她们一起合了影。我今天的种种奇遇，缘于她们普通而坚忍的每日守护，虽然，她们不太明白那些飞过身边的蝴蝶和蜻蜓究竟意味着什么。

当晚，我住在长岩子管护站旁的一处农家。这里有一条路通往太子洞，偶有游客结伴经过，天黑之后，便只闻虫鸣，不见人影。我全副武装，持手电，在这条路上开始了夜探，先是往太子洞方向走了一段，感觉收获不大，掉头往白天的封闭区走。

这条路右边是大洪海，左边却是红色的山崖，山崖上时有清泉流下，有的直接从石缝里浸出，当地人干脆在石壁上凿了个坑存水，方便路人饮用天然山泉。我喝过，甜甜的、凉凉的。白天，似乎崖上挂着的只是安静的水流，晚上就不一样了，手电光下，大大小小的溪蟹，简直把它变成了螃蟹墙。我在两平方米的范围内，就发现均匀分布着七只，而且每只都有自己隐藏的石洞。

这段路上，我拍到过两种有趣的昆虫。一种是同伴寒枫发现的无垫蜂，它们睡觉的时候喜欢咬着垂下的小树枝，再把腹部弯曲过来紧紧靠着树枝，这样把自己固定好。另一种我差点错过，当时我在一片树叶上发现了一段枯枝，观察了一下并无异样，离开后总觉得有什么不对，又转身走回去再看，这段枯枝下面露出的小脚给了我提醒。原来，这就是以伪装出名的桨头叶蝉，它的头部向前极度延伸，仿佛是桨的柄，而整个身体像一片桨叶。受到意外发现的鼓励，我扩大搜索范围，果然又找到了几只桨头叶蝉的若虫，把若虫和成虫对照着看，更能看明白它奇特的身体结构。

禁区里的小道，并不安静，甚至可以说是虫声沸腾，当然，这种沸腾是另一种安静。不同于白天，灌木和草丛构成的舞台上，活跃着的是另一些种类。竹节虫在放肆地啃食着树叶，螽斯不安分地爬来爬去，步甲在树干上物色着猎物，盲蛛已开始享用它捕获的一只蜜蜂……白天忙碌过的也找到了地方休息，我在一片草叶下发现了黄纹长腹扇螅，在竹枝上发现了方粉蝶。虽然没有找到特别精彩的物种，但能观察到的已经足够丰富。

回住地的路上，我接到著名蝴蝶猎人姚著的电话，我再次拍到的轭灰蝶，让他彻底兴奋起来。老姚成为蝶痴已经多年，全国寻拍蝴蝶成了他最喜欢的生活。在征求了管护站意见后，我同意他次日从成都过来和我会合，带他去碰碰运气，看能不能拍到。

第二天，天气晴好。上午我徒步去了溪水对岸的桃花岛，把所有能走的林间小路都走了一遍。除了蝴蝶，这个小岛简直是蜻蜓的天堂。线纹鼻螅我目击上百只，雌雄都有。透顶单脉色螅密度也很高，我毫不费力地拍到一只雌性。观察到的春蜓和蟌科种类也不少。离开小岛的时候，桃花岛给我发了一个大奖：当时，我正观看灌木里飞来飞去的巴黎翠凤蝶，一只虎甲直接飞落到我脚边不远处，我探身一看，大吃一惊，原来是球胸虎甲。这种虎甲前胸呈光滑球形，鞘翅基部隆起，造型奇诡。

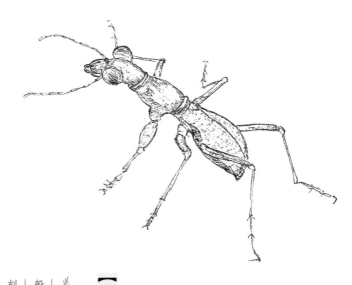

【虎甲】

虎甲有着强大的锯齿式的口器，所以同等大小的昆虫中，一般没有敢招惹它的。它非常擅长短距离飞行，一有风吹草动，立刻腾空而起，但并不飞远，而是降落在一两米开外的地方。如果是行人，它会在脚步接近时，再度腾空，和你保持着安全距离。

网络上唯一的生态照片是我十年前在四面山拍到的，可见发现和接近它有多难。

下午，我和老姚进入了禁区小道，时间是下午三点后，同样的小道，每一天能观察到的物种是有很大差异的。刚走几步，我们就发现了白点褐蚬蝶，它一直在高于我们头顶的灌木里活动。接着，老姚盯上了一只不显眼的黛眼蝶，说很可能是李斑黛眼蝶。这种黛眼蝶，可以说是四面山的明星蝶了，虽然不只是重庆有分布，但最能见到的还是在四面山。

老姚不敢多耽搁，一路疾行，要去寻轭灰蝶。我为了节约体力，就在半山驻足，慢慢搜索这一带的物种。我们真是各有所得，我追踪并拍到了一种山螇，后来查到是比较珍稀的克氏古山螇，还是更难见到的雌性。顺便还拍照记录了十几种别的昆虫，其中的背峰锯角蝉是此行唯一拍到的角蝉。老姚则拍到了梦想的蝴蝶——尚未有正式中文名的轭灰蝶。